大美中国——

追书走世界

刘文起◎著

三环出版社
SANHUAN PUBLISHING HOUSE

图书在版编目（CIP）数据

追书走世界 / 刘文起著 . -- 海口：三环出版社（
海南）有限公司，2024. 9. --（大美中国）. -- ISBN
978-7-80773-328-7

Ⅰ. I267. 1

中国国家版本馆 CIP 数据核字第 20241SP689 号

大美中国　追书走世界

DAMEI ZHONGGUO　ZHUI SHU ZOU SHIJIE

著　　　者	刘文起
责任编辑	符向明
责任校对	张华华
装帧设计	吕宜昌
出版发行	三环出版社（海口市金盘开发区建设三横路 2 号）
	邮　　编 570216　邮　　箱　sanhuanbook@163.com
社　　长	王景霞　总 编 辑　张秋林
印刷装订	三河市同力彩印有限公司
书　　号	ISBN 978-7-80773-328-7
印　　张	12
字　　数	138 千字
版　　次	2024 年 9 月第 1 版
印　　次	2024 年 9 月第 1 次印刷
开　　本	690 mm × 960 mm　1/16
定　　价	68.00 元

追书走世界
Contents 目录

南雁荡，大自然的杰作

哦，南雁荡，你这大自然神工鬼斧创造的艺术精品，你这名扬遐迩的浙南旅游胜地，以奇幻的洞窟、秀美的峰峦，萦绕在多少游子的梦魂，扣动着多少旅行家的心弦！而今，我来到你的身旁，要摸一摸你的山岩、登一登你的石阶；我的神思，飞越那岁月的长河，追寻那历史的遗踪，重温那旧时的遐想……

渡过碧水溪，我站在"爱山亭"前，读着石碑上的亭记："……南雁荡实较北雁山为早著，五代时僧愿齐杖锡寻访得此佳境。有龙雁所居，钟梵相闻，宛然一西域……"我不禁佩服一千多年前的这位高僧。他的足迹，开拓了南雁荡连接四海的路径；

他的慧眼，识出了钟灵毓秀的山水，使南雁荡这块湮没在荒草中的璞玉，招引举世的瞩目。

可是，南雁荡山，我寻访你，难道是为了抒发怀古之幽情？

我拾级而上，看到一片峭壁拔地障天。那岩壁裂痕交错，似将轰然崩塌，而下面却有如神工镂空的一扇石门，我战战兢兢地走过石门，经"观山亭"，见有巨峰直插云霄，屹立如关隘。峰的中部有一狭长的岩缝，云雾在这缝间悠闲地游荡，天风在我耳畔呼呼地吹响，我扶着栏杆，怵然止步。嗬，好一个危乎高哉的云关啊！那细如羊肠的小道，那横跨在石梁上的天桥，使我飘飘然如同羽化登仙，恍惚间如同遨游仙境。我不禁吟诵起凿刻在岩壁上的联句：

"云敛天窗现，关开月牖光。"

哦，南雁荡山，是谁劈开你这一线云关？是谁筑起你这通天石径？

我的耳畔传来钟鼓的声音。循着声音，穿过蓊郁的茂竹，踏着那通幽的小路，出现在我眼前的是

◎ 南雁荡

"仙姑洞"。一座金碧辉煌的寺院镶嵌在洞口,里面是二十来间大小的石室,洞中有洞,洞洞相通。朱氏仙姑,这位当年为反抗地主逼婚而跳崖自尽的良家女子,她是人类良知的体现吗?她是人生贞洁的象征吗?那缭绕的烟雾时时在编织着一个迷人的梦!

从仙姑洞出来,踏着碎步过小溪,我细细地看了四周的奇峰秀峦——"观音坐莲""玉女梳妆""石猴献果""关公看兵书"。嗬,千古江山,风景依旧。

我到了东洞,行走在洞里,洞壁斑驳丑怪,道路弯弯曲曲。走到洞尽处,豁然开朗。又有一座像牌坊般的石门,门上有清朝太仆寺卿、书法家孙衣言的联句:"伊洛微言自敬始,永嘉前辈读书多。"过石门,就是会文书院,那是历代文人读书的地方,据说朱熹也曾来过。我想起东洞口的对联:"跃鲤滩头待向沧溟争跃浪,化龙崖角直乘云雾欲化霖。"

哦,南雁荡山,你物华天宝、人杰地灵。从南宋的爱国诗人林景熙到当代著名数学家苏步青,生长在你身旁的历代文人学士,哪个不是你的山水所育,哪个不是你的灵秀所钟?

且慢去撒水岩听那叮咚的水声,且慢去怡心院闻那沁人心脾的花香,连观音洞、梅雨瀑那令人迷醉的情趣,我也想留待以后体会。我要在心里,寻找你——南雁荡山,留给我永不泯灭的印象。

那是在几十年前,我们这些血气方刚的爱国青年,肩上背着简便的行李,怀里揣着油印着毛主席著作的小册子,来到你——我们心目中浙南延安的身旁。革命先烈的鲜血,催开了你满山的红花。浙江省第一届党代会,就在你附近的冠尖、马头岗召开。你养育了一大批革命战士,他们的优秀代表,有我们当时的省委书记刘英烈士，有宁死不屈的刘胡兰、郑明德女英雄……

我收回飞驰的神思，用赤子的目光再看你一眼。

哦，南雁荡山，你历经沧桑，你风姿绰约。如今你把自己的一片新绿，融进了祖国的一派春光！

我看到了，那一排排新建成的现代化的楼房；我看到了，楼房里那琳琅满目的橱窗；我看到了，那干涸多年的古井喷出了琼浆玉液般的清泉；我看到了，那受尽艰辛的山里人带着富足的微笑迎接八方游客、四海宾朋……

哦，南雁荡山，我寻到了历史留给你的踪迹，我听到了你随历史前进的足音……

◎ 洞头

百岛拾珠

天青青，海蓝蓝，

好一个洞头洋……

　　一曲渔歌，伴和着咸腥味的海风，在我的心中冉冉飘起。一百多颗翡翠宝玉，被阵阵波涛拍打着，在我蔚蓝色的心海中沉浮。素有百岛县之称的洞头，牵动我不可抗拒的憧憬，我要踩开那无穷尽的水墙，从心底拾掇一颗颗记忆的珍珠……

望 海

太阳像个垂暮的老人，缱绻在海天之间的山尖尖上，用柔和且又蒙眬的目光爱抚着平静如缎的海面，给星星点点的小岛、小岛上的屋顶、屋顶旁边的桅尖涂一抹绛红的胭脂。水鸟疲倦了，贴着水面低翔，反衬起缕缕炊烟袅袅婷婷地旋转。浪花频频地低吟，浅唱出一个静静的黄昏。

——苍茫、温和、暗红色的黄昏。

礁石上站着一个老人。一个凝固了的老人和一个并未凝固的礁石，都静静地凝望着大海，神秘的微笑在每一条皱纹里流淌……

他看到什么？

他看到远方的海、海上的浪、浪中的潮；

他看到海上的风、风中的帆，以及鼓动风帆的渔歌号子……

他看到如船的岛、如岛的船。他在心里数：一百、一百零一、一百零二……

一个个浪花敲击着礁石，纷飞着无数颗晶莹的水珠。哦，老人，这是你的汗珠抑或是你的泪珠？你的心中是滔天的海浪抑或是漫天的风暴？

太阳老人收拢他那散乱无力的目光，只给海天留下一个凝固的昏黄。礁石上的老人那残烛似的双目却闪烁着霞光，凝固在他心海中的却是一个粗犷、剽悍而又空灵的梦……

仙叠岩

潮退了，将优美留给礁石。

如人，如崖，如船；似狮，似虎，似马；若龙、若凤、若蟒……仿佛洪荒时代的万物，踩着海滩的脚印，呐喊着、追逐着、憧憬着，又像被猝不及防的咒语点化着，来不及矫正各种态势，永恒地静止在瞬间之中。

是谁抡起一柄倚天的长剑，在峭壁上劈开长长狭狭的河谷？深百丈，长百丈；没有呻吟，只任波涛在此间吞吐、喧嚣。海鸥在此间迂回盘旋，惊骇此间的神奇，让汗水滴落在绝壁上，变成密密麻麻的藤壶……

◎ 仙叠岩

两个神仙做着孩提时的游戏，在高山巅堆垒着巨大的块石，上大下小摇摇欲坠却稳稳地坐在上面垂钓石斑鱼，给历史留下淘气的色彩。一只蛤蟆，背着它的儿子，刚从海涛上一跃而起，然而旁边的公鸡却引颈高啼，使得它只能对仙叠岩上的登天石永恒地叹气……

我知道，蒙受海水长期覆盖的千万块礁石，此刻是何等

地焦急。如能摆脱海的羁绊，山上将是多么广阔的天地！然而，正是大海用它那柔软而坚利的手，把它们镌刻得如此威武雄奇。

时光，总是如此公平地展示事物的存在和价值。

半屏山

半屏山，半屏山。

一半在洞头，一半在台湾。

一只小船载着我们在风浪中颠簸。摇摇晃晃，有人慌了，有人吐了。蓦地看见一个老人扯起风帆，岿然如山。那船也许已沉入海底，只有那风帆和老人定定的，不慌不忙。那是海中的小山和礁石。

一条长长的青龙，盘缠着半屏山，龙头伸延入海，是回水晶

◎ 半屏山

宫去吗？凤凰贴着峭壁探头探脑，是留恋山上的青草花木吗？一个大头和尚，仰卧在山顶的大石头上，手臂枕在秃头下，让那海风吹拂他那圆鼓鼓的大肚皮，让涛声敲打他的耳鼓，竟也毫无知觉，他要酣睡到何时？

远处的海中蜷伏着一头老虎。它温驯和善，是瞻顾着分为两半的小岛呢，还是盼望着远处的归帆？

小船载我们登岸，小路引我们上山。

站在山巅，我们才看清楚，这山被从中劈走一半。那如刀削去的平滑峻峭的绝壁告诉我们当年的故事：半屏山从前不像现在只有一半，而是一个完整的岛。那年这山里出了一条毒蟒，糟蹋庄稼，残害百姓。仙人来了，要为民除害，而海蛇却躲在洞中。仙人一时性起，砸了蛇洞，除了妖孽，而山却被斩成两半，其中一半漂到了台湾……

半屏山，景色如画的半屏山，留下一个深深的遗憾。

我想起奔腾入海的青龙岩，想起翘然欲飞的凤凰岩，还有呼呼大睡的和尚岩，一念之间他们醒了、活了、动了。他们会推着、衔着、驮着漂走的另一半座山回来吗？

会的。一定会的。

中雁臆笔

中雁又名白石山，在乐清白石，中雁乡境内。其石色白，其峰峭立。其涧谷深邃，奇胜颇类雁荡。为有别于平阳的南雁荡、乐清的北雁荡，故名。

——题记

山　水

十里湖山翠黛横，两溪寒玉斗琮琤。

——［宋］王十朋

春雨随着旅人的游踪霏霏地降临在中雁荡山，使玉甄峰、展屏峰、含翠峰、天柱峰等峰峦披上一层空蒙的山色。于是，整个中雁荡山浸泡着水粼粼的碧沃。碧沃承受不了，溢得一股股清流从山谷里泻出来，从岩壁上挂下来，便有了东漈和西漈。

西漈的水如同身材苗条的远古淑女，温柔且袅袅婷婷地沿着石门绕下山来，留一路可人的笑靥，留一路淙淙叮咚的环佩声。东漈的水却像奔腾直下的巨龙，气喘吁吁的，不时挂几帘飞瀑，

011

又打几个滚，于是便有了钟前、龙山、白石、梅雨潭、钟潭、石莲潭等或大或小的深潭。这深潭不久便碧水充盈，像大大小小亮晶晶、绿莹莹的翡翠玛瑙，镶嵌在山的衣襟上熠熠放光。

彩虹也来凑趣，挽住了晚春难得的晴朗。云雾也来添彩，漫过了山腰，卖力地把山路融进它那沉重的乳白，却融不了山花的艳红、树叶的翠绿。于是，一帧长卷画成了。国画、油画、水粉画；变形的、象征的、写意的，泼墨喷彩的，只怪画了不少残缺的遗憾。一首诗吟成了，田园诗、山水诗、抒情诗、交响诗。而那叮咚的韵律总敲不开神秘的朦胧。一部长篇写成了，招得千百年的文人墨客摇头晃脑地读。读通了许多，读不通的也有许多，正在读和正要读的更有许多。一个盆景制成了，不是展览厅里的摆设，也不是风雅之士案头的摆设，而是大自然的摆设。千百年的太阳和月亮是灯光，辽阔的大海是背景，而历史，仅仅是它的留言簿或备忘录！

石 门

岩壁尽从三岛立，石门遏向九天开。

——［明］张存镜

风里雨里，我们只记得扶着云的翅膀，扯着雾的衣襟上山，如醉如痴地走近了石门。

山路是门蹄，踩着门蹄，石门才渐渐地开了。这石门上两个深深的脚印是证明吗？这在风雨中摇曳的千年老榕是解说那远古

◎ 石门

谜底的哲人吗？

我们步入石门，步入了尘封千万年的历史。

一支悠远的歌飘来，是一支苍古而粗犷的无字歌。前面是莽莽的树林，后面是茫茫的大海。独木舟被歌声鼓起的风帆推动着，驶向海湾、驶向林莽。一群群树叶为衣、兽皮为裙的先民用长长的渔网，网一兜浪花、网一兜肥鱼。突然起风了，闪电霹雷了，独木舟沉了，人为鱼鳖了吗？却有更多的独木舟靠岸。他们用木棒、石斧驱赶那黄羊、角鹿，投刺那山鸡、野兔。稍为平坦的坡上，几个女人，用石犁耕地，用石斧播种。篝火生起来了。成群结队的男女围着火踏歌起舞，他们在祭告山神、祈祷河灵吗？……许是一场野火，许是一次山洪，把人冲走了，把大林莽烧光了，海水于是惊退了几十里。只有中雁荡山烧不毁，冲不走，它永恒地留下了。留下的还有几件石犁、石锛、石珠、骨针。千百年来留在山上，留在温州市、乐清县的文物陈列室里。留一个千古难猜的谜底，让人们去作种种瓯江水系原始人的假想，同时也留一种原始的、苍古的、纯净无瑕的美。我们从石门走过去，走过了一段段漫长的历史。

我们听到了永嘉太守谢灵运在这里为民行田的歌吟，看到了李少和真人在宋太宗御笔题书的"第一山"旁玉虹洞内打坐的身影。我们冷不防与南宋状元王十朋撞了个满怀，于是四下里溅起一阵阵哄笑声。那是护送南宋末代二王南渡逃难的刘蒙川，"水嘉四灵"之一的翁卷，明朝礼部侍郎章纶，刑部尚书高友玑，还有制造火器而被皇上赏识的赵士帧……

这些都是中雁荡的儿子、中雁荡的精灵吗？

我们睁着心的眼睛凝神品读石门，让历史之流从心底从容地漫过。

哦，永恒的石门，你开启了多少的历史，你又关闭了多少的历史。中国历史博物馆和自然博物馆珍藏着的浩册繁籍中的某些章节，须由你来考证、补充和形象地展示吗？

南麂情调

　　应邀去南麂，正是中秋节的前一天。天气特别好，赤日炎炎，风平浪静。东道主平阳县政府为照顾海峡两岸的作家、记者们，特地从洞头租来一艘快艇，既稳又快，一个多小时就到。可惜没有冷气，热得不行。北京女作家韩小蕙、懿翎以及戈悟觉和我尽管不断地出汗，但仍能挺住。唐湜老人和渠川不行，气都喘不匀了。平阳县县长发现了，叫人将他俩移到后舱有冷气的地方去了。

　　不多久便看见南麂岛了。远远的像一只蹲伏着的麂，缓缓地向我们漂了过来。上了岸才知岛很大，有20平方千米。车子在山路上上下下，时不时从脚下冒出一幢幢别墅式的建筑，分别是"某某宾馆""某某招待所"牌号。矮小的是民房。大多是平房，也有二层三层的。屋顶瓦背上一律压着小石块，防止被风揭走瓦片。海腥味、海鲜味无处不在地弥漫。大片大片的岩石上、岩滩上以及渔民房子的平台上都晒着鱼干、虾干、目鱼干、海带干之类的海货。很少看见人。有看到的，也都匆匆忙忙的。一律紫酱脸、粗骨骼、粗胳膊，一副饱经风霜的样子。女人和孩子也黑，但眉清目秀。手提肩挑的都是海鲜，鱼、虾、蟹、贝都是活的，鲜蹦活跳。高处看去，蓝莹莹的海，绸缎似的包裹着海岛。星星点点的船只和穿梭往来的面包车以及船和车的汽笛喇叭声，此起彼伏，诉说着海的繁忙和岛的喧嚣。

中餐上桌，全是海鲜。蛸蠓、江蟹、大虾、黄鱼自不必说，扇贝、鲍鱼、石斑鱼、羊栖菜都是少见的，还有连温州作家也叫不出名字的贝类、鱼类、蟹类。主人介绍说：南麂号称"贝藻王国""碧海仙山"，有鱼类 397 种，虾类 79 种，贝类 412 种，藻类 174 类，蟹类 128 种，是浙江和全国种类最多的地区之一。像我们这样住一年半载，每餐上菜都不重复也难吃遍。大家皆倾慕不已。有北京的作家说，这就可惜了，在自己嘴中，海产品都是一个味：鲜美。不像肉类，能吃出牛、羊、猪、鸭来。在宁夏工作多年没有肉就觉得吃不饱的戈悟觉吃了这么多海鲜，还要用一碗大米饭压压肚子，说海鲜好，不腻、不饱。我暗自诧异戈先生的身材，能大碗吃饭大块吃肉的，缘何身材苗条？不像我，喝水都长膘！

我们住大沙岙。台湾、杭州、北京的作家属"外宾"，住海鲜宾馆。温州作家住沙滩边的小竹楼里。矮矮的一溜吊脚楼，一个小间摆着两张竹床。有卫生间，有电风扇。但晚上不用，睡觉还得盖被子。这就让"外宾"们嫉妒，往往赖在我们小竹楼里或小竹楼外沙滩上乐而忘返。下午开会，分组讨论在沙滩边的小阳台。大家都很认真，一副不负众望的样子。汪浙成、谢鲁渤、唐湜、渠川，还有台湾诗人洛夫，正襟危坐。终于受不住大海和沙滩的"勾引"，不时地用眼睛和它们亲近。女作家韩小蕙、刘茵忙着和大家交换名片，双手合十的样子，毕恭毕敬。懿翎没带名片，却带了与名片差不多大小的纸片，一张张认真地填写，功效与名片无异。东道主几句开场白后，请客人说话，大家都客气，互相推让着，最后还是请台湾的洛夫居先，北京的刘茵列二。说着说着，主人发现客人们都有点"心不在焉"，"在乎山水之间也"。时已四点，就宣布会议暂停，号召大家抓紧时间游泳，博得一片欢呼。大家都是"老客"，知道来海岛必得带游泳裤，于是雀跃着回房换装去。韩小蕙和懿翎不走，在小卖店门口踟蹰，眼睛盯着女泳装的价格，二百多元一件，太贵了。不是她们没有钱，而是用处不大。带回北京总不能与贝壳一起放鱼缸里摆设，再说北京也没有海。平阳文联的王晋说：犹豫什么，买一件算了。于是付款，可后来不知什么原因，只有韩小蕙一个人穿了泳装下海，懿翎还是穿着裙子在众多赤膊光背的下海者中花枝招展地独来独往，孤寂却招人耳目。年逾古稀的诗人唐湜挺着大肚子，可惜不会游泳，冬瓜般浮在浅水里，划几下手脚，很天真很稚巧的像甲鱼，终于禁不住大家哄笑，快快地上来，和我们一起作"艺海拾贝"式的寻觅，把脚印如十四行诗般地写在沙滩上。我们若拾到一枚贝壳，便自我吹嘘一番，再请别人鉴定。鉴定一般是九分优点一分缺点，如同时下的文艺批评，因此大家情绪极佳。我收获甚少，根源在于美学水平不高。终于看到一个螺壳，拳头大小，造型别致，请大家鉴定，都说"上乘"，就赶快走过去捡。谁想螺壳活了，飞快地爬到岩石缝里去。我大叫可惜，更叹服螺壳中寄生蟹的敏捷。

离岛时，我们把贝壳之类的纪念品放进包里。不管大包小包，大家都把满意和收获装得饱鼓鼓的。中国摄影家协会秘书长捧着一塑料袋的海沙，爱不释手的。原来袋里装有十几只小沙蟹在爬行。他还把握不定，惴惴地问我：明天下午坐飞机回北京，

◎ 南麂

没事吗？我不拂他兴致，就说：没事。后来几天我很为这话担心，只想问问这位摄影家，从南麂带回去的沙蟹别来无恙否？可惜没有他的地址和电话，作罢。

山之颂

　　因为在一个县内，近在咫尺，每年总有几次陪客人去，便觉得雁荡只是雁荡，无所谓好与不好。但一旦离家了，却不时想念着，情愫绵绵不断。尤其是处在车马喧嚣的闹市，或是在那名气不怎么大而风景又不怎么好的"风景区"。又无处可去，碰上冷雨敲窗如一首味同嚼蜡的歪诗时，那想念更甚。那记忆中的雁荡

山便在一片空灵的绿意里显现。

我常想，你到底了解雁荡山吗？你熟悉她那通幽的山径，熟悉她那峰峦、飞瀑，像熟悉你爱人脸上的每一条皱纹、身上的每一处筋骨，但你熟悉她的魂吗？雁荡的山魂该是怎样的呢？当你穿过云、穿过雾、穿过好风好水，进入那万碧环绕、千山滴翠的绿的世界时，你以为是在她深处遨游？雁荡山不会絮语，她只让无边的潜静留给你一个干净和清空。

你觉得天高了，地广了，风吹过来也是一种超然，并不是清凉或湿润。风只是一个过程。那龙湫、那瀑布千年万年地挂着，那么地从容。你于是觉得自己是附在山尖的一朵白云，是立在路边的一株小树，是围着树根的一块岩石，是雁荡一样的永恒。你于是知道，雁荡山魂是一种俯仰自得的安定、简单、宽容而又纯真的宁静！

许多年前我刚开始写作时，我的背景总贴着雁荡山。当我把那些废稿舞得如同蝴蝶时，雁荡山总给我默默的箴言：真正的大手笔是时间！后来我在雁荡山下那古朴的吊脚楼、被吊脚楼挤挨得只剩一线天的小街，寻那雁荡山中的对鸟、樵歌，还有那开山的号子。我在稿纸上欢快地流着雁荡山的溪水。许多年以后，有作诗的朋友这样写道：

> 把那山那水移过来
> 把那山水间的洞府移过来
> 那山那水奇峻甲天下
> 那洞府曲径通幽
> 你从那山那水来那山那水

○ 山之颂

该留在你的心里情里了

你从那山那水来

该是那山那水的了

　　我读大海的时候，雁荡山就是那海；我读诗的时候，雁荡山就是那诗。雁荡山是凝固了的海，她把对蓝天的澎湃的热情凝固成千万种痴情的盼。我读雁荡山，是在读一首优美的长诗。在那月夜，或是在朦胧的星光里，那诗便彳亍地写在天穹上。夜很淡、很神秘。雁荡山也是。犀牛望月、夫妻夜会、婆婆窥秘、羞女低眉……移步换形，凭你想多少个主题。夜给雁荡储蓄了许多什么？夜又给雁荡山放大了许多什么？是悠悠袅袅的情丝？

雁荡山是一部戏，一个景点、一个人物。栩栩如生，色彩纷呈。雁荡山应该是一部连台戏，许多好戏的连台。缠绵的、悲壮的、抒情的、和谐的故事时时在天幕下演绎。

而最为壮观的该是雁湖岗观日出。那是一个高及千仞的万年台。没有帷幕，没有道具，没有灯光布景，没有唱词对白，没有音响效果。然而却是最激动人心的皇皇史诗，一个宇宙间最伟大精灵诞生的故事。那样平凡，又那样地非凡，那样地使千千万万的观众不辞辛劳跋山涉水昼夜恭候，盼那壮丽的一瞬间。当太阳在雁荡山峦上露出黄黄一圈圆环时，当阳光把那蒸腾的云霞染得血红时，你感觉到生的渴望是那么强烈。当那火球憋足了跃跃欲发的朝气而凭借雁荡山有力的一托跳出滔滔的云海时，你觉得生命是那样地不可阻挡，你更觉得诞生了太阳的雁荡山是那样地伟大辉煌！

桐溪买静

　　端午节前的一个双休日，因烦公务和杂事的纠缠，想远离尘嚣，好好地读一读书，静一静心，便带一本梁凤仪的书到桐溪来。

　　我与桐溪有一面之缘，去年8月曾在此开过会，留下极好的印象，于是这次驱车直抵项金生先生开的招待所，找去年住过的307房间住下，关起门来读梁凤仪。读完她的作品已是凌晨二时。月光给小山村密集在一起的房屋镀了一圈光晕，仿佛一个静静地凝固了的水晶球。

　　七时，我独自去岩庵。

　　早晨的山径真是静极了。头顶是交错的树荫，身边是湿漉漉的滚着露珠的青草，脚下是绿莹莹的翡翠似的湖水。有风从繁花的山林里吹过来，拂过湖面，便带来幽远的清香和滋润的水汽。没有行人，连鸟儿也不鸣啭，怕是不想打破桐溪独有的一份清幽。我想起歌德关于"自然是最伟大的一部书"的说法，就想，那么，我是在某一个清凉宜人的夏天早晨里用自己的身心来默读"它每一页的字句里最深奥的消息"了，不消说，那消息就是绿色的清幽。

　　岩庵的妙处不在庵而在于洞。这是一个黑幽幽、曲曲弯弯的

© 桐溪

散发着凉丝丝沁人心脾水汽的洞窟。在这个小如瓶颈的通幽小径里探幽索秘，使人想起太姥山。然而更好的是龙潭。那是离岩庵不远的一条溪涧的出口处。一个十米方圆的深潭，水绿得如同融化了亿万颗龙胆（抑或说这潭本身就是一颗硕大无朋的龙胆）。上面的水挂下来，在潭面上蹦跳着千万颗珠玑。溯溪往上，水不急却如白龙逶迤而去。水深时如铺一匹绿缎，水浅时如遮一袭轻绸。我独自在溪涧边漫步，那潺潺的水声反衬了幽谷的寂静。我在溪旁一块大石头上躺下来，看白云在山巅飘游，看溪两边青山的黛色风光，听松涛泉鸣所变成的一曲交响，竟然物我两忘，只觉得体魄和性灵与大自然在一个脉搏里跳动，人于是融进这静静的青山和绿水之中。

离了龙潭在湖上泛舟，及至湖心岛，已是中午时分。在湖畔找个座位，要了啤酒、鱼片、饼干，对着满目的秀色，未及举杯，心和眼都已醉了。此时游人稀少，万籁无声。山如螺髻，水如铜镜，连同青天，静得只剩下一个绿。这绿如潮水，在水光山色的默契中，优美和谐地淹漫了我。

吃罢结账，共40元。小店主人惴惴，解释说，风景区内东西比外面贵一倍。我想起贾平凹的《游寺耳记》，不禁哑然失笑，豪壮地说："不贵不贵，青山值10元，绿水值10元，吃食值20元，剩下这拥有蓝天清风和整个桐溪水库的天地大包厢还没有收费呢。"

颇有那有钱难买的一怀脱尽尘气宁静淡泊的心境呢！

萧红故居

　　萧红故居在哈尔滨市北面 40 千米的呼兰区。在一座五间平房前，我看到了洁白的萧红沉思着坐在天井里，坐成一个大理石雕像。

　　这是 1985 年重新修复的张家大宅的正房，只是原来的一部分。始建于 1908 年的大宅院有房舍 30 间，分东西两大院，正屋的后面还有约 200 平方米的后花园。如依原样恢复，当更有气派。萧红的父亲留过洋，后任呼兰县教育署长，该是社会名流、地方绅士了。

　　准确地说，这里没有萧红。这里只有一个名叫张迺莹的姑娘。张迺莹在这里生活了 17 年，17 岁时她到哈尔滨读中学，19 岁因逃婚到北平，之后就没有再回来过。她的父亲登报开除了她的家籍。大小姐张迺莹从此没有了，却有了后来的女作家萧红。

　　萧红的一生都在逃避。先是逃避父亲的包办婚姻而与哈尔滨大学的学生李先生私奔，继而为逃避李先生的妻室又与原先的订婚丈夫汪公子同居，后又为逃避汪公子而穷困潦倒被萧军救出，再而为逃避萧军的不可容忍的性格而流亡各地，后来与端木蕻良相遇，又为逃避日本人的轰炸而辗转香港。最后当她什么都不能逃避的时候，死神拽住了她。

萧红一生在逃避，但什么都逃避不了。她逃避封建婚姻，但还是做了封建婚姻的受害者；她逃避各种感情的纠葛，却被各种感情纠葛；她逃避贫病交加，却一生被贫病困扰；她逃避日本人的轰炸，最后却死在日本人轰炸的惊吓之中。

像她没有写完的长篇小说《伯乐》，她的一生是一部没有结尾的书。像她结构拘束的小说《生死场》一样，她31岁的生命是一个没有铺陈就结束的过程。当她穷困潦倒得只能用笔写文字换饭吃的时候，她不知道，她正在为中国文学写一段辉煌。在她用洋洋洒洒的文笔来描绘东北一条古老的冰冻的河时，南方的一个叫沈从文的青年正用潇潇洒洒的文笔写一条喧闹不息的江。现在，这条江和这条河正一起奔腾不息地流淌在中国文

◎ 萧红故居

学史上。

鲁迅先生曾断言：将来能取代丁玲地位的必是这位萧红。柳亚子先生也曾评价：萧红有掀天之意气，盖世之才华。

他们都没有说错。在 20 世纪结束的时候，丁玲和萧红都被文坛评为 20 世纪末两位最著名的女作家。

错的只是萧红的父亲。这位旧时代的留洋青年、教育署长，新中国成立后的县政协委员，本想赶走一位叛逆的女性，想不到赶走的却是一个漂泊的诗魂。萧军也错了，他想在萧红身上锻造革命，不料铸就的却是文学。端木蕻良也错了，他想以萧红为镜子映出自己的伟岸，可是镜子反倒映出他自己的猥琐。呼兰河也错了，河畔这座大宅不应该叫萧红故居，那座汉白玉的萧红雕像也不应该沉思着坐在天井里，而应该在大院墙门之外。

最大的错还应该是萧红，她一生东奔西走，南逃北避，从东北到香港，从西南到东瀛，漂泊整个中国、半个世界，到最后能逃出她的命运、那座叫萧红故居的张家大院的院墙吗？

语言的风景

　　不知道在这以前有没有人将语言称作风景的。其实我也从没有想到过这个题目。这一次到云南各地跑了一圈，听到丰富多彩、奇特生动、风趣幽默的各民族语言，我的脑子里倏地跳出"语言的风景"这五个字。我认为，只有用"风景"这个词，才能概括和形容云南的语言。

　　语言称得上风景，那必须是多姿多彩、美不胜收的。

　　云南有世居民族 26 个，是中国少数民族最多的省份。这 26 个民族的语言是一个丰富的宝库，也是一道绚丽多彩的风景线。同一个词，各族的说法不一样，比如我们说的"姑娘"和"小伙子"，傣族话叫作"骚多哩"和"毛多哩"，彝族话叫作"阿诗玛"和"阿可黑"；而白族话呢，却叫作"塞由那兹（金花）"和"塞大鹏（阿鹏）"。而"您好"，白族人说"尼秋"，靠近缅甸的村人说缅语的叫作"美国喇叭"。还有哈尼语、瑶语、傈僳语、纳西语、基诺语、摩梭语等。它们的语言陈列开来，那就是一片风光奇特的大森林，够我们寻幽探秘一辈子的。

　　语言称风景又必须是生动有趣、打动人心的。云南的语言就是这样，少数民族且不说，就是云南的汉族人，说话也很有特色。比如昆明人，说话就形象。说这个人"憨"，他们说"刁"；

说"憨"，也不说"呆""傻"或"犟"，而是说"跩（zhuǎi）"。"老三老四"的也说"跩"："你这个人跩五跩六的。"这个"跩"字冷僻，指身体肥胖不灵活的样子，像鸭子，一跩一跩地走，这就很形象。昆明人说"劣货""假货"为"歪货"，比四川人说"水货"更"水"。说打你，不说"打"，而是说"瘗"。"你再跩，当心我瘗你！"这个"瘗"比"打"形象。"打"只是个过程，"瘗"呢，把结果都说出来了。更有趣的是说"吃饭"。四川说"撑肚子""喂脑壳"，而昆明人呢，却说"种脖子"。这个"种"字最绝，比"撑"和"喂"难度大。因为"撑"和"喂"对于脖子来说都是被动的。而"种"就如同田地与庄稼，品种还要选优良的，因此对美味佳肴特别欢迎。这时候我们就很创造性地问导游，喝酒是不是叫"浇"？"喝一杯"就说"浇一桶"？因为既然种了，那就得浇啊，否则庄稼活不了。导游说，好是好，可惜没有这么

◎ 语言的风景

说的。我们为昆明人遗憾。

语言称为风景，更必须是奇特的、有个性的、令人难以忘怀的，云南人讲话岂止有个性，还特别怪。比如白族人的"打雾语"。他们说"今晚放龙舟"，就说"今晚'改革开（放）''车水马（龙）''逆水行（舟）'"，把成语的最后一个字藏在话当中不说，然后把缺一个字的成语合起来，构成完整的一个意思。这很复杂又要有文化水平。傣族人嫌"小便"俩字太俗，就以"唱歌"代之，见厕所就问："要不要'唱歌'？"这当然奇特而有趣。

语言的风景有时比自然的风景更生动，这也是云南给我的感受。比如，我们从缅甸一个小村回来，大家对那里的风光毫无兴趣。导游说，我说一个缅甸的风景你们一定会觉得好玩，那就是缅语。我用缅语说"谢谢您"和"不要谢"，你们看看怎么样。于是说了两句缅语：

"你妈来了（谢谢你）！"

"你妈没来我来了（不要谢）！"

哄堂大笑。

黄果树观瀑

　　如今的中国人，不管去没去过贵州，贵州的茅台酒和黄果树大瀑布都是知道的。这两样都是贵州之贵。特别是后者，是世界闻名的中国第一瀑布。因此，游客若选择贵州，大凡都是冲着黄果树的。我因读过徐霞客的《黔游日记》，记住了"一溪悬捣，万练飞空"和"珠帘钩不卷，匹练挂遥峰"等妙句，更对黄果树多了几分神往。这次出差到贵阳，就向《贵阳晚报》的朋友提出

◎ 黄果树观瀑

先去黄果树观瀑。朋友告诉我，黄果树瀑布之妙，妙在阔大、妙在湍急、妙在可亲。一般的瀑布只能远观，如庐山瀑布，"遥看瀑布挂前川"。而黄果树呢，不仅可观，还可亲近，人能进入瀑布里头去。

话说得神，但却开胃。

次日一早，我们就出发了。从贵阳市到黄果树有130多千米路，驱车于贵黄高速，满目黔地异景，不一会儿就到达了终点。下车步行入景区，远远地听到了激流飞瀑之声，如天边隐隐的雷鸣。慢慢地水声渐大，脸上便有湿漉漉雾蒙蒙的感觉。山路的石级也水淋淋的，让人想起"林深、路隘、苔滑"的句子。历经了几上几下的辗转，蓦地抬头，瀑布就在前头。瀑布好大。白花花的水幕漫顶而下，如百匹白练横罩天外，如万朵白云凝集崖上。

© 黄果树观瀑

我们疾步趋前，脸上的湿意就渐次浓重，终于由氤氲的水雾变成纷飞的细雨时，大瀑布就与我们迎面而立了。还是那么巨大，只是景象有所不同。刚才在远处看到的百匹白练现在好像遇到狂风的吹拂，非常激烈地抖动起来，变成"捣珠崩玉，飞沫反涌"。而原来那凝集了的万朵白云此时也好像被一根看不见的巨棒搅动，成烟雾，成水花，想往高处飘飞却又耐不住高处悬崖的险峻，又经不住底下深潭的吸引。于是，齐刷刷哗啦啦地撒珠射箭般地落下来。落到深潭里，汇集成一大片的翠绿。与翠绿形成强烈反差的，是潭上面高高宽宽的一大片白水。无边无际的，如鲛绡横波，如烛银散布，铺天盖地般的壮观。无怪乎徐霞客惊叹："盖余所见瀑布……而从无此阔而大者。"再看飞瀑湍急的气势，其横流倒悬，如万马奔腾，如银河倾泻，轰轰烈烈如雷霆万钧，哗哗啦啦如撒珠喷雪。真是"晴空雷吼走烟云"，其气势之磅礴，该胜雁荡龙湫、庐山瀑布之十倍百倍。称之为"世界上最为壮观、最为优美的喀斯特瀑布"，料必无疑。朋友说阔大之妙、湍急之妙，有理。

正感慨着，却见游客三五成群地往高处走。想起朋友说的第三个妙处，赶紧随同上山。

走过一条摇摇晃晃的铁索桥，爬过一段并不险峻的山岭，进入曲折如游龙的水帘洞。水帘洞不是洞，而是瀑布后面的一条长一百余米的通道。通道里阴气森森，水汽弥漫。有凉风习习，有云雾缭绕。通道边上有一个个洞口，可立可窥。看面前瀑布如雪，看远处彩虹映空，有涛声水声入耳，有瀑水从头顶而来脚下而去，触手可及，举步可至，那么温柔，那么可亲可近。心于是也就变成水那样的柔软。忍不住想用手去接住那瀑水，水却变成散珠碎玉，从手掌里溅出去，从指缝间滑走了；忍不住想用双手去抱揽那瀑布，却不料自己已被如云如烟如雨如雾的水汽包围了，笼罩了。我们呆呆地站在水帘洞口，站成了风景，站进上不接天下不接地的大瀑布之中。始信朋友言之凿凿。黄果树瀑布的阔大之妙、湍急之妙、可亲之妙，妙在天趣，妙在意会；妙在意会却难以言状，妙在难以言状却又萦绕情怀，久而挥之不去。就想，有黄果树之妙，贵州其以贵名州，够格。

回到贵阳，我将黄果树观瀑的体验说与晚报朋友，朋友笑道，你这只是白天，还有如梦如幻的瀑布夜景，那才妙不可言。

我心怦然，想：贵州还须再来，不为茅台酒，也得冲着黄果树呢。

◎ 琴川

琴川杂俎

　　8月下旬，受友人吴永春之邀赴常熟小住两日，所见所闻所想颇多颇杂，作《琴川杂俎》六篇以记之。

琴　川

　　常熟别称琴川，有两种说法。一是城内古代有七条平排的河道，像古琴的七条弦。二是吴王夫差在常熟所筑"梧桐园"亦名"鸣琴川"。窃以为前说庶可信也。七河实为七溪，明人沈玄有诗："七溪流水皆通海，十里青山半入城。"古人把长江当海。常熟在长江口，离海近。七溪位置贾平凹有介绍之书，料必无差。

尚　湖

尚湖因姜尚姜太公垂钓于此而得名。虽当地传说和史料言之凿凿，我犹难以置信，原因在离周文王所在渭水之畔太远。故贾平凹有疑，曰："不知太公在秦在苏？"

尚湖大，据说比西湖大三分之一，但不如西湖方圆，呈长条形，中间打断，如两条极宽阔的河汉。如宁波的白马湖，但比白马湖离市区近。湖上船少，游人亦少，可静坐于湖畔饮茶。茶是好茶，取于湖畔虞山的碧螺春。虞山小，茶树少，极贵。茶叶

细嫩，啜一口，清醇入肺。如《浮生六记》作者沈复之言："饮之极佳。"登虞山再看尚湖，小而精致。远处的阳澄湖、昆承湖如两面大镜，尚湖只是两颗翡翠、水晶，如绿丝绒般地在田野上炫耀。

虞　山

虞山原名乌目山，周文王的儿子虞仲为让位于弟曾遁身于此，故名。山高不足 300 米，呈长方形，如卧牛。沈玄说"十里青山"有夸大之意。苏南平原少山，有山皆宝。城市皆依山而建，如苏州、无锡、南通。不像北方滨水。常熟方圆几十里仅此一山，更贵，称森林公园。然虞山之贵，更在墓葬。所葬皆名人。除虞

○ 虞山

仲外，还有孔子唯一的南方弟子言偃，元画家中领军的大画家黄公望，作《浩气吟》的瞿式耜，虞山画派之祖王石谷，同治、光绪两代帝师翁同龢，《孽海花》作者曾朴，被黄宗羲称为诗界巨擘的钱谦益和才艺俱佳的明末名姝柳如是等。任选一位，都有一段波澜壮阔之历史。

虞山有建于南齐的破山寺，因"竹径通幽处，禅房花木深"出名。还有"剑门""拂水岩""昭明太子读书台"等，惜无闲暇去看。

红　豆

读陈寅恪《柳如是别传》，知钱谦益 80 岁生日时，柳如是"令童探枝得红豆一颗以为寿"。钱谦益大喜，作红豆诗十八首，常熟红豆于是出名。陈寅恪抗战期间于昆明街头重值购得采自常熟钱谦益旧园的红豆一枚，视为珍宝，随身收藏 20 年，并因此作《柳如是别传》。陈氏乃国学大师，对钱柳两位极为推崇。曾言："匪独牧翁之高文雅什，多不得其解，即河东君之清词丽句，亦有瞠目结舌，不知所云者。"可见，陈氏对红豆之爱，乃爱屋及乌。

然读后心存疑窦：常熟何来南国之红豆？

来常熟，知钱氏诗中之红豆树，今犹存于白茆镇之芙蓉村。此树本为钱氏外祖父庄园之物，由其子自海南移入。树今虽在，并不开花结子。最后一次开花在 1937 年。疑窦释焉。

钱谦益为人如文，褒贬各异。黄宗羲称之为"堂堂之阵，正

◎ 红豆

正之旗"的诗界巨擘，郁达夫却说他"行太卑微诗太俊"，"可惜风流品未全"。而柳如是却众口皆碑。贾平凹《常熟见闻》说："柳墓里的棺木是悬葬的，以示不履清朝土地。"若此，柳氏非独为才貌俱佳之明末名姝，抑或是铮铮铁骨之"红粉青衫"了。

綵衣堂

綵衣堂为翁同龢少时居住之地，静处于小巷中间。巷口有石门楼，名"状元坊"。

翁同龢见于电视连续剧《走向共和》，是大脸庞，大胡子，其相奇罕，与綵衣堂中摄于古稀的照片相似。翁家父子宰相、帝师，兄弟封疆，叔侄联魁，其家族亦奇罕。

翁氏为官，位极人臣，君臣皆称师傅。然开缺回籍，却居住无所、衣食无着，靠门生接济度日。又因支持维新结怨于慈禧，被革职交地方官严加管束。遂移居山下，自称瓶庐居士，自此"守口如瓶"，划地自囚，"惟农与鱼鸟相亲"。又备快刀一把，挖水井一口，作随时自裁之用。死前口占一诀："六十年中事，伤心到盖棺；不将两行泪，轻向汝曹弹。"可见晚景凄凉。

翁氏书文俱佳。书法为当朝第一，贾平凹对其"尺牍墨迹，爱不释手"。老作家黄裳也说他的字有"一种颓放的腴美，好像一个吃醉了的胖老头儿"。

综观翁氏一生，为官，盖棺论定，世称"维新第一师"；为文，书名远播，世称"咸（丰）光（绪）第一笔"。有此二者，则可含笑于九泉矣。

沙家浜

沙家浜于常熟南隅 20 里。南挽阳澄湖，北枕昆承湖，水网密织，芦苇环抱。有红石村、春来茶馆、芦荡烟雨等景点，系江南旅游名镇。

沙家浜原称"横泾"，更为现名，缘于一部戏。

20 世纪 40 年代，有 36 位新四军伤病员在此养伤抗日，威震敌胆。50 年代，据此创作的沪剧《芦荡火种》问世，名闻江浙。60 年代，作家汪曾祺等奉命改编成同名京剧，盛极京华。"文化大革命"期间，毛泽东钦定剧名《沙家浜》，风行全国。90 年代，横泾改乡建镇，定名沙家浜，且脱颖而出，成为旅游经济发达的江南名镇。窃想：以电影成就一处风景者，有；以戏剧成就一地经济者，无。而令一地风景与经济皆成就者，唯《沙家浜》也。汪曾祺等之开先河者，孰能料乎？

　　又考：沙家浜缘于横泾小村"张家浜"，春来茶馆缘于当年镇上的"东来茶馆"，阿庆嫂缘于东来茶馆老板的妻子"阿兴嫂"，郭建光缘于新四军干部"夏光"，胡传魁缘于当地忠义救国军的头子"胡肇汉"等，作趣闻并记。

追书走凤凰

早就想去凤凰。

凤凰有许多我熟悉的地方。回龙阁、皮靴店、针铺、石板街和吊脚楼，这些地方在我梦中出现时都令我的眼珠子发亮。凤凰有许多我熟悉的人物。媚金和豹子、萧萧和花狗。还有三三、翠翠、爷爷、天保、傩送，他们时时牵引着我沿着沈从文先生走过的路，走进曲折离奇的情节里。在夏日里的某一天，当我坐着从贵阳出发的火车在怀化下车时，我知道，我这是真正踏上我魂牵梦萦的湘西土地了。

天蒙蒙亮，雾气很重，车子在弯弯曲曲的山路上开着，让人想起湖南歌手李娜唱的那支关于山路的歌。

不久就进入苗家地带。看苗寨的木楼，全是木结构的走廊，木结构的板壁，整个木结构的吊脚楼。

过麻阳县城不久，便进入凤凰地界。这是湘西边城，苗族自治州，湖南有名的澧水与沅水两水之一，就发源于此地。从源头看，气概非凡，水面宽，水流急，到了中下游自然成气候。可惜很少看到沈从文描写的河边的吊脚楼，以及从吊脚楼里传出来的唱给情哥们的歌声。沈从文的故事不是从这里开始，而是下游。

车子又从群山里绕了一大阵子，就经过一座比较陈旧的石拱跃溪大桥。司机说这不叫溪，叫沱江，过了桥就是沱江镇了。沱江镇就是凤凰。

我闭上眼睛，让那些被沈从文铅印在文字里的熟人熟事，通过时间隧道，潮水般地向我涌来。

到凤凰，还是早上八时。我们找了城外一座最好的长城宾馆住下。我说得最好，不仅因为标有二星级，更重要的是大堂里挂着许多名人在凤凰的照片，有沈从文、黄永玉，还有外国人。

吃了早饭，匆匆地找了一位导游。是宾馆里请的，姓吴，苗族。在苗族的吴、廖、石、龙、麻五姓，吴姓最大。导游为我们租了车，是商店里运"包黑子"酒的车。车身漆着"包黑子酒——贵州名酒"的广告词。说是小地方，出租车不好找，临时做半天"包黑子酒"吧。又说为节省时间，先远后近，就先去黄丝桥古城。到了黄丝桥才知道，所谓古城，只是保留了很完整的城墙。城不大，我们绕着城墙外转一圈，也只半小时光景。导游说，这里原是凤凰老县城，驻扎着3000（又说500）清兵，后来因为没有水源，又没有护城河，老是起火，把城楼都烧了，就将县城搬到沱江镇，就是现在的凤凰。

虽说古城，但古城不古，到处弥漫着商业气息。绕城墙转的时候，就有许多卖纪念品的商店。还有炸小虾小蟹小鱼的小摊，空气中弥漫着一股腥味。还有许多现做现卖的"李字号"姜糖铺，不住地招呼游客买东西。

从黄丝桥回来，去南方长城。南方长城倒很有气派，如长长的蛇一般绕山盘旋。从碑文上看，南长城始建于明万历年

间，全长 190 千米。后来倒塌了，只剩下 70 米的一小段，据说还是长城研究专家罗哲文 1999 年发现的。凤凰人以为挖掘历史可以搞旅游赚钱就全面修复，终于使它成为凤凰难得的一景。

我们登上城墙去看那一段为凤凰立功的 70 米古长城。灰头土脸的，墙身是用石片砌成的，没有北方长城那么大的城墙砖。我怀疑这一段也是新的，导游说："我以沈从文的名义向你保证，是原汁原味的。这烽火台缺了一个口，是当年拍电影炸的。"我们去看，真的有那么一回事，且以沈从文的名义，就不能较真了。

从南长城回来，我们在沱江边的吊脚楼里吃中饭。饭馆叫"黑仔客栈"，也真名副其实。店堂的板壁是黑的，菜也是黑的，门口灶头挂着的腊肉、腊鸡、腊鸭、腊肠，全是黑黢黢的。说是苗家特产，吃了，味不好，就像吃糯米糕。我们还吃了一盘蒸熏肉，可惜带皮的肥肉不多，没有贵州的好，一咬满口油，香到牙根。

吃了饭已是下午三时，没有时间去奇梁洞了，抓紧时间去看沈从文故居。

沈从文故居在中营街 24 号，面积较大，有上千平方米。一个五间三进带天井的院子，有气派。沈从文的祖父当过三品提督，置的产业不错，可惜到沈从文父亲手里败了。这房子后来从别人手里拿回来，作沈从文故居开放。

沈从文故居里文物不多，主要有他的卧室、出生地、睡过的床和从北京运来的书架、桌子、凳子等，还有手稿、书籍。沈老儿子前两年来过一次，给馆里送了一套沈从文全集和线装的沈从文小说。全集有 30 多本，包括服饰研究，全套要卖 3000 多元。线装书只印了 500 套，一套要 150 元。我买了一套，盖上"沈从文故居纪念"，很珍贵地收起。

从沈从文故居出来，我们还看了熊希龄故居，熊希龄是凤凰更大的名人，给袁世凯当过 7 个月的民国大总理，因不满现状辞官不做，潜心于福利事业，在北京办了个香山慈幼院，收养教育受灾的流浪贫苦儿童，雷洁琼就是其当年的学生。故居里挂着蔡元培的一副对联，联曰：宦海倦游，还山小试慈幼院；鞠躬尽瘁，救世惜无老子军。

熊希龄在中国历史上是一个大人物。毛泽东说他"做过许多好事"，周恩来也对他评价很好。熊希龄的母亲是苗族人，在当年汉苗不通婚的情况下，他母亲能嫁给一个汉人是要有非凡的精神的。

沈从文的墓地在凤凰城外的听涛山上，不远，坐船十几分钟就到。

从沱江边上岸，没走几步，就看见岩上有字：沈从文墓地。从岩边拾级上山，几百步，就是黄永玉题写的石碑了。过石碑再走几步，就到了沈从文墓地。墓地没有围栏，没有坟包，就在长着杂草的平地上，好像很随意地搁置着一块石头。这石块并不抢眼，但却是从凤凰南华山上采来的天然五彩玛瑙石，重约六吨。石头正面是沈从文遗作《抽象的抒情》中的一句话："照我思索，能理解'我'。照我思索，可认识'人'。"这句子据说是沈从文夫人张兆和先生选定，并请侄女婿、中央美院雕塑教授刘焕章书写的。石头背后刻着沈从文的四妻妹、现耶鲁大学教授张充和的挽联："不折不从，亦慈亦让；星斗其文，赤

◎ 追风走凤凰

子其人。"

石头下面埋着沈从文的骨灰。

墓地极简朴，与山中的野菊兰蕙融为一体，质朴得令人感伤，让我想起波良纳庄园的托尔斯泰墓。

我给沈从文献上一束鲜花，并向他鞠了躬，对这位文坛巨匠，也是我最崇拜的作家致以深深的敬意。

鞠完躬转身，看到一岩石上有黎元洪题的四个大红字"兴废周知"。不知黎元洪这字为何刻在这里，但伴着沈从文的墓地倒是合适的。黎大总统"兴废周知"四个字，用来概括沈从文大起大落的一生和大智若愚的处世态度也是再恰当不过的。从墓地下来，天色尚早，因想沿着沱江摆渡到沈从文先生的故事里去，就租了条船去桃花岛。

桃花岛其实是一个小小的荒洲。因为在这里拍过电影，湖南电视台李湘等人在这里搞过"快乐直通车"而出名。几株桃树是刚种的，有几个鸡窝似的茅棚，还有一个刚刚建好的木头屋。岛两边有木桥，有水从几块石头里流出来，就说是"小桥流水"。有村民赶过来，宣传说有歌舞，请我们吃饭。又指着地上跑的鸡鸭，说"野生的"。我们因为这几天都吃"野杀"的，腻了，就谢绝，并赶紧跑出来，怕又被糊弄钱。

其实我们进不了沈从文，最多也只能在他的老故事的边缘徘徊。

已经没有茶峒了。没有了那个坍塌了又修复过的白塔，也没有了那头站在河边岩嘴上饮水的小白山羊。针铺前磨针的老人，皮靴店里的皮匠，河滩上杀牛的屠户都没有了。那些用单刀、扁担决斗的苗人、土家人都离我们远去了。沱江上再找不到三三、萧萧、媚金和豹子了。撑船的也不是爷爷和翠翠，撑船的是一对中年夫妻。山水依旧，这对中年夫妻还唱三三、萧萧、媚金、翠翠当年的山歌；

男：

天上起云云起花，情妹爱我我爱她。

情妹爱我生得好，我爱情妹会当家。

女：

天上起云云起卷，哥哥会打火连圈。

哥哥会打妹会解，解来解去是姻缘。

还是那个凤凰。

《印象·丽江》之印象

　　到丽江之前，我曾在电视里看到实地歌舞《印象·刘三姐》的片段。张艺谋以阳朔的山为背景，以漓江的水为舞台，让数百名壮族男女青年撑竹筏、踏石碇步，载歌载舞于灯光绚丽的夜空之下，给人以优美灵秀的感觉。这次去丽江，在玉龙雪山脚下，亲眼看到张艺谋导演的《印象·丽江·雪山》的白天实景演出，给我的印象是一个"大"字，即大气、大美、大创意、大手笔。

　　说是"大"，在于演出的大背景、大场面、大道具、大动作。场地在玉龙雪山脚下的甘海子景区，以玉龙雪山为大背景，以椭圆形红土地颜色的高坡为小背景，高坡上有"之"字形跑道依坡逶迤，可跑马，可列队，可歌舞。并能冒烟、泻水做云雾、瀑布状，与后面背景的雪山和底下可容上千人的演出场地融合为一个立体的舞台。大场面就是演员达 1000 多人。演出开始，场内穿羊皮袄的男子一声呼哨，几百名同样穿羊皮袄的男子蜂拥而至，然后又有几百名穿羊皮袄骑白马的男子奔驰于红土地的背景山坡上。上千名演员的登场，其场面惊心动魄。由于场地大，使得用的道具和设计的舞蹈动作的幅度也随之而大。整场演出为时一个半小时，分别由马鞍舞、筐舞、马帮、

◎《印象·丽江》之印象

酒令、天上人间、鼓、打跳、祈愿八个部分组成。每个舞参加
者都有 400 人左右，形式像团体操。演员所用的道具也夸张。
如姑娘的背篓，是平常背篓的好几倍，比人都大。几百名彝族
姑娘背着背篓排列在"之"字形山坡上，视觉冲击力特别强。
还有猜拳舞中的四方桌，也比平常家用的大。可做舞台，两三
个演员可以跳上去舞蹈；又可做道具，几百个演员竖起来掼过

去可拍节奏。还有 400 多面直径比人还高的大鼓，一下子集结在场里擂击，鼓声震天；又一下子滚动着排列在背景山上，红白相间，场面壮观。加上不时点缀其间的情歌互答，男欢女爱的双人舞；加上云绕雾缭、山高水长的背景变化，使整场演出赏心悦目，美不胜收。看《印象·丽江·雪山》的演出，我们不断为张艺谋张弛有度、动静结合的大创意叫好。

看演出之前，我曾想：《印象·刘三姐》有桂林的山水，演员可亲可近。而丽江的玉龙雪山高处不胜寒，演员怎么利用它呢？张艺谋毕竟是张艺谋，他巧妙地把雪山作远景，制造了高高的坡形的红土地近景，演员在场里和近景上演出，让人感觉那人那马即可奔跑到远景的雪山上去，跑到雪山上面的白云上去。这是远近动静结合的妙处。而男演员的白色羊皮袄、女演员的蓝头巾、绿衣褂、白裙子，又与蓝天、白云、红土地相间，产生了强烈的视觉反差之美，也就是大创意之大气，大创意之大美。而用各种舞蹈（包括马队奔驰）来调动几

百上千名演员做具有各民族鲜明特色的团体操，又是张艺谋这世界级导演的大动作大手笔了。

丽江市政府斥巨资修建了演出场地，并安排《印象·丽江·雪山》的演出作为游玉龙雪山的系列活动之一，这是有战略眼光的。事实上，这演出已成为与观看雪山奇观相得益彰的人文景观了。让每一位游客得到旅游之外的非常宝贵的收获，这也是《印象·丽江》给人的最新鲜最美好的印象。

一枝红杏

　　未去龙泉，只知龙泉出宝剑和青瓷。到了龙泉，才知除了宝剑、青瓷，还出名人。

　　最早，说有仙人乘槎泛水而至，留于两水交汇之岛，岛遂名留槎洲。后人在洲上建阁，名留槎阁，由苏东坡题字。仙人来否不说，苏东坡的题匾却是挂在留槎阁上的。后来，有铸剑的欧冶子，烧瓷的章生一、章生二和菇神吴三公等，说一个吓人一跳。一位叶绍翁，原先不知干什么。报他诗作，也吓人一跳，竟是《游园不值》。"春色满园关不住"的"一枝红杏"，居然生在龙泉！

　　诗传世，名却不扬。他历经四帝。做过小官，工诗，意境高远，用语新警。"应怜屐齿印苍苔，小扣柴扉久不开。春色满园关不住，一枝红杏出墙来。"千古绝唱。诗集外，叶绍翁还著有《四朝闻见录》，记南渡后朝野事，收入《四库全书》。

　　可惜遗迹不多，故乡何处？无考，难访这枝传世的红杏。

　　却觅得另一枝红杏，民间故事《高机与吴三春》中的女主角。

　　三轮车载我去剑瓷园的路上，我向车师傅打听叶绍翁，不知。过宫头村，师傅忽问我，此处有一人，不知名气大不大。我问是谁。答说吴三春。我说：吴三春名气还不大啊，鼓词唱瓯剧演，还有长篇小说《瓯江怨》，温州老辈人哪个不知？

于是掉头，直奔姜家大屋。

大屋真大，密密麻麻的一片，前出后进，几百间。门外有碑，刻着字：叶溥故宅（包括姜家大院）。我不知叶溥何人，也不问姜家何院，只记起陈玮君老师《瓯江怨》里的记述：

吴文达住在宫头村的正中间，迎山背溪，地势平坦……高机跟随吴文达来到吴宅，抬头一看，见是一幢四合头房子，东厢有楼。门里小路皆鹅卵石砌成，路旁都是桃树，间杂着三两棵垂杨倒柳……

忙问吴宅何在，说过去在近旁，现在没了。四顾左右，凤凰山峰峦依旧，周村港溪水依旧，山下溪边桃花依旧。便设想500年前这时光，这情景，我的老乡，平阳宜山的织绸老司高机来此。那时村小，没这座大屋。只"在后山、周村港之间，有一条狭长地带，住有三五十户人家，零零落落，不很集中……"（陈玮君《瓯江怨》）但"高机到此，心情舒展，耳目为之一新"。

让高机耳目一新的，还有主家吴文达年轻美貌的女儿吴三春。更让高机意想不到的是吴三春爱上了他这个打工仔。且不顾父母的反对，又将银子夹麦饼馅里送高机，两人就有了生生死死的爱情悲喜剧。这就是温、处两州老百姓广为传说的故事，叫《高机别》《高机卖绡》《麦饼赠银》等。曾被温州作家何琼玮先生改编为瓯剧《高机与吴三春》广为演出，也被民间文艺家陈玮君先生改编为长篇章回小说《瓯江怨》出版发行。一时间，城乡传说，老少皆知。于是温州有俗语："高机分别，哭得闹热。"于是龙泉有俗语："看了高机吴三春，气坏龙泉一县人。"

龙泉人气谁呢？气欺贫爱富的封建家长吴文达吗？

不管怎的，民意从来重情义，时光原本滤纯真。

联想霍小玉、林黛玉、祝英台、崔莺莺……吴三春为爱情、幸福、自由的抗争，同样可圈可点。

连片的屋丛中，掩埋着500年前的传奇。

时光湮没一切，只有爱情永恒。

◎ 龙泉

《名邑龙泉》杂志介绍了龙泉历代名人，有欧冶子、章生一、章生二、叶绍翁等十人。无吴三春，我惋惜又不平。回头一想，又觉大可不必。是名人不怕不排行。名人不是排出来的，而是传出来的。正所谓："春色满园关不住，一枝红杏出墙来。"

雨夜的七宝

　　七宝是湿的，润的，雾气弥漫的。黄昏时节走进七宝正逢小雨，就走进了水里。脚下是水，十多条河浜纵横交错，二十多座石桥星罗棋布；头上是水，水雾如烟，不仅在伞上洇洇浸浸，也把人的心洇浸得湿漉漉的，身也融了化了。七宝是水乡，是上海最古老的小镇。"十年上海看浦东，百年上海看外滩，千年上海看七宝。"七宝是上海的古董，最古董的就是以寺名镇的七宝寺。不过，在我们来时，七宝寺却谦虚地隐藏在南街北街的尽头处，隐藏在密密麻麻细雨编织的水帘中，像隐藏着一段迷蒙的历史。

　　街灯亮了，在雨雾中朦胧着。虽像醉汉昏花的睡眼，却剪影出北街口黑魆魆的三层钟楼。还有钟楼里的一口巨钟，说是千年前从香花浜里漂来的。巨钟是铜铸的，在河里居然不沉还能从远处漂浮而来，这就有了故事，就能让今人刻了碑记述并称之为"氽来钟"。这是七宝教寺收藏的七宝中的一宝。据说当年七宝寺还只叫陆宝庵，是一千多年前陆姓后人纪念先人陆机、陆云两位晋代大文学家的家祠。不想五代时来了吴越王钱镠，他将陆宝庵听成六宝庵了，以为藏有六宝，就再赠他妃子抄写的《金字莲花经》一部，说：此乃一宝也。遂成七宝，陆宝庵亦更名为七宝寺。后来，随着附近住家渐多，地方也由村及镇，便以寺名镇。志书云：镇无旧名，因寺得名；寺无他重，因镇推重。

这是我从钟楼旁碑廊上读来的故事，当然只是古事。如今七宝镇推重的不是古寺，而是传统品牌。广告云：古镇名牌荟萃，北街工艺，南街小吃。

北街南街，都是石板铺的街，都是小开间门面的店，都是杏黄旗和写着红字绿字的木匾额的招牌，却是古迹：汇水楼、聚绿坊，老饭店、古字画斋……走的不是古人。连打着伞在雨巷中行走的丁香般的少女，也少了戴望舒的愁怨。只嘻嘻哈哈地在羊肉铺方糕店前排队，或举一串千里香臭豆腐旗帜般地逛街。不怪她们媚俗，在夜雨的七宝老街游走的人，哪个不为旅游不为美食呢？只是我和兴亚兄行走在千年古镇，因了陌生和雨和夜的隔膜，穿过红男绿女的红绿雨伞，穿过朦胧的雨声灯影，穿过肉味糕味炸豆腐的臭味油烟味的时候，却有虚幻飘零的感觉，仿佛走在虚构不真实的境界。终于走到远离人间烟火尘世喧嚣的微雕馆、蟋蟀草堂，可惜都已关门闭户。只对着门前的灯笼叹惜，为

◎ 雨夜七宝

看不到雕着《红楼梦》全文七十余万字的 280 块彩石和形形色色传统的蟋蟀文化而叹惜还有纺织坊，还有七宝老行当，还有张充和雕塑馆，还有古戏院和一座座傍河而建的茶馆书场，都因我们匆匆一瞥而成过眼云烟。

终于在一座石拱桥边找到了大名鼎鼎的七宝寺，却淹没在连排的店铺之中。规模不大的山门上挂一个木匾，上刻几个金字，说是七宝教寺，却与想象中的古寺相去甚远。从山门里往内看，没有灯光，雨夜中一片模糊，就怀疑是不是走错了地方。

转个弯却有一个很大的停车场又面对着一条阔阔的河，许是寺的正门了？匆促中正想看看有什么特别气象时，旧街的出口到了。

就觉得当年的吴越王钱镠多事。何必增一宝致使改称七宝寺呢？若用原来陆宝庵名镇，倒可让我们怀念怀念陆机、陆云兄弟。这两位西晋太康文坛大家，不用说他们的辞藻丽密旨意深远的文章让人一读三叹，就是他们被司马氏杀害前"华亭鹤唳"的悲叹，也会长使英雄泪满襟的。我为七宝人不开发"两陆"的人文资源而惋惜。比如考证一下陆机、陆云故里，比如考证一下陆机、陆云读书处，想必有渊源可觅。还有三国吕布义父丁原的故里丁家庄据说也在镇上，说起来也会有趣。这会使古镇更古、更文化。不重"两陆"重寺院，实有舍本逐末、舍大求小之嫌。

有"差头"（上海话的出租车）无声地滑至我们面前。

"师傅回上海伐？"女司机在驾驶室里微笑，眉清目秀。

"差头"载着我们在疏疏密密的雨帘夜幕中穿行，雨夜的七宝迷蒙着，渐行渐远，像一段隔了朝代而被隐藏了的历史。

人迹板桥霜

　　站在郑板桥故居前，浮上心头的是唐人温庭筠的两句诗："鸡声茅店月，人迹板桥霜。"

　　这么静谧冷峻的意境，这里有吗？

　　郑板桥故居在江苏省兴化市东城外郑家巷，后面是房屋，群楼簇拥；前面是大街，车水马龙。时间又是近午，哪来鸡声茅店，板桥更无一座。我只是感觉郑板桥像日本人，以地、物为名。一看馆内资料，果然，"门前左行，即古板桥旧址。故居初系茅舍（教馆），后改瓦木结构，四邻称之为郑家大堂屋"。设想板桥当年，初冬某日凌晨早起，鸡鸣声中，见学童踩过桥边的霜迹，走向他父亲的教馆。这就有温庭筠的诗意了。

　　还缺一样，竹。

　　据说当年郑板桥住的时候，这里有一条二百余步的竹巷，竹巷里家家以竹为业，从此形成了郑板桥"无竹不居"的生活习惯和以竹居多的书画风格。然现在，不要说竹，树也没有一棵。一大片空旷的街面把三间两进的青砖黑瓦小院毫无悬念地袒露在闹市，像西装革履的人群前，贸然撞进一位戴瓜皮小帽穿对襟短打的乡下人，突兀而又尴尬。

　　却因了这尴尬，才显示出突兀。这三间两进的矮小平房，因色彩的陈旧，如黑白反差的木刻在群楼中凸现。进院，诗的意境更浓。暂避喧嚣不说，静到都能听见自己的脚步声了。

砖墙上有对联："三绝诗书画，一官归去来。"不像郑板桥的口气。郑板桥自己写的对联也有，挂在大厅上："茶已醉人何必酒，花还耐雪况于松。"这就有郑氏风骨了，瘦骨铮铮的，一如堂屋条台上他那古铜色的立像。堂屋两边是书斋和厨房，朝北南屋三间是卧室、资料陈列室。略有古意的，只有屋檐下的一丛青竹。不知是不是当年的原物，疏疏离离的，很有水墨画的味道。郑板桥说："凡吾画竹，无所师承，多得于纸窗粉壁日光月影中耳。"可见这竹，是郑板桥的老师。不要说他的画以墨竹为主，他的诗也以咏竹居多。如"咬定青山不放松，立根原在破岩中""宦海归来两袖空，逢人卖竹画清风""一节复一节，千枝攒万叶"等。

郑板桥不仅书画以竹为师，做人也以竹为师。他一生读书、教书、卖画、作吏，不管显达还是潦倒，始终保持傲岸虚心劲节的竹的品格。他 23 岁教书，24 岁中秀才，31 岁到扬州卖画，39 岁向县令借钱参加乡试中举人，44 岁大比中进士却不放官，仍以卖画为生。一辈子清贫落拓。最穷苦时是："瓶中白水供先祀，窗外梅花当早餐……"然而他"身无半亩，心通天下；读破万卷，神交古人"，终于在艺术创作上大有成就，诗书画三绝，是扬州八怪中的领军人物。50 岁起，因有皇帝叔叔的推荐，到山东当了两个地方县令，更能关心民间疾苦，为百姓做了许多好事。"衙斋卧听箫箫竹，疑是民间疾苦声，些小吾曹州县吏，一枝一叶总关情"是他忧国忧民心态的写照。最后，他还是忍受不了官场的腐败，毅然弃官而走。不过，他"一官归去来"却是去扬州，继续他的卖画生涯，这兴化故居，却一直没回来过。

突然想起绍兴徐渭的故居，青藤书屋。虽然比这里更小更逼仄，但结构格局相似。而在郑板桥的心目中，它却是无比高大的艺术殿堂。郑板桥不仅佩服徐渭的品格，更佩服徐渭的才华。对其绘画中瘦笔、破笔、燥笔、断笔应用得五体投地。他自号"徐青藤走狗"，说恨不早生一百年，能投身青藤门下，看他豪言壮语、长吟狂饮，即使做狗也值。

我看过徐渭传记，知道徐渭一生坎坷。青年时屡试不中，中年后因涉严嵩案惧罪发疯，杀妻坐牢，九次自杀。这么个狂怪之人，却诗文书画皆绝。文章，受当朝皇帝赏识。"上又留心文字，凡俪语奇丽处，皆以御笔点出，别令小臣录为一册。"诗词，袁中郎称之明代第一。戏剧，汤显祖极力推崇。绘画，齐白石说的和郑板桥相似："青藤、雪个、大涤子之画……余心极服之。恨不生前三百年，为诸君磨墨理纸。诸君不纳，余于门外饿而不去，亦快事也。"

程门立雪，静谧冷峻的境界，"人迹板桥霜"的写意。

对一座土堆考证

在邯郸，游一个景点都是一次思想上的考古。景点像出土的文物，赝品不说，即便尚有古迹的，有的也只像半个陶罐，你得用思想吹拂那岁月留下的风尘；有的只是陶片，你得用思想修补那岁月抹去的完整；有的只是个名字，你要用思想臆度那被岁月湮没了的碎片。

若是一座土堆呢？比如三台。

曹操建的邺城以及铜雀、金凤、冰井三台，今人已知之不多。问邯郸人三台在哪里，不知道。又问邺城，也不知道。翻地图，有个黑点叫邺镇，就上车。司机说：邺镇没什么了，三台村下车吧。就问还有三台吗，说：只一个土堆。遂不再问。龚自珍《己亥六月重过扬州记》载："客曰：'卿知今日之扬州乎？读鲍照《芜城赋》则遇之矣！'余悲其言。"

我是读小学语文课文《西门豹治邺》就知道邺城了。后来读文学史，知道"三曹""七子"，知道建安文学是中国文化史上的一道山梁，知道邺城是三国时"三魏""五都"之一。再读《三国志》，知道曹植的《铜雀台赋》："建高门之嵯峨兮，浮双阙乎太清。立中天之华观兮，连飞阁乎西城。"千百年来让文人墨客景仰的三台，居然只剩一个土堆？"余悲其言"。

车子开了一个多小时，都是平常的土地、平常的村庄。忽见一座巍峨的城楼，以为就是三台。司机却说不是，是新建的还未开张的邺镇博物馆。终于到一个大坝边下车，看路边有个路牌，写着：邺镇三台。急问铜雀台在哪里，回说顺大坝再走就是。

果然是，没有想象中的糟糕，更不是《芜城赋》中的那般荒凉。毕竟还是个景点，要卖票，自然就有了围墙。还拱一个汉代风格的台门，挂个牌，上写：三台遗迹。没有排场的管理处，花五元钱从农民模样的老人手里买了门票，进门就看见高大的人物雕像，戴皇冠佩长剑，君临天下的架势。底座写俩字：曹操。我哦了一声，想起了《龟虽寿》里的句子。

过庙廊、碑廊和立有曹操与他的文友建安七子们塑像的庙堂往高处走，才是一个土堆。有台门挂匾，题额曰：金凤台。这是三台遗存的唯一，前面这些建筑都是后来造的，只有这土堆是东汉的，也是唯一。我要想象这是一个巍峨入云的高台。我绕着土堆转一圈，原来土堆不矮不小，有几丈高几丈方，算个小山包。仔细看，有隧洞贯通里外，洞口有字：排兵洞。我要想象这是固若金汤的城墙基。我想象：当年曹操在这个邺城里建的铜雀、金凤、冰井三座台榭，以城墙为基，台高八丈，台顶各有房屋一百多间。三台相距各六十步，上有浮桥式阁道，以金属相连。施则三台相通，废则中央悬绝。冰井台还有三个冰室，每室有深十五丈的井，储存冰块、煤炭、粮食、食盐。台上屯兵，台下还有调兵遣将的排兵洞。当然不能想象"揽二乔于东南兮，乐朝夕之与共"，那是诸葛亮的杜撰。

我还要想象，这里歌舞不绝，名士如云。曹植曾潇洒高吟："从明后而嬉游兮，登层台以娱情。"有曹操、曹丕、曹植"三曹"，有王粲、徐干、阮瑀等"七子"，还有才女蔡文姬、书法家钟繇、音乐家杜夔等上百人吧。他们登台饮酒，击节歌舞。一人吟诵，百口唱和。那场面那架势，盛况空前。作为帝王的"三曹"，与作为臣下的"七子"的纯文人关系那是中国文人相亲的典范。《世说新语·伤逝第十七》载："王仲宣（王粲）好驴鸣，既葬，文帝（曹丕）临其丧顾语同游曰：'王好驴鸣，可各作一声以送之。'赴客皆一作驴鸣。"

一个文人去世，身为魏王的曹丕不但亲临葬礼，还带头作驴叫送别，引发逝者墓前驴鸣声一片，这是多么纯正的文友之间的和谐。哪像有些文人当帝王，高高在上或当面握手背后动刀，治起同行来比外行人更狠。正是如此的氛围，魏晋能出大作品。那是中国文学史上第一次文人诗创作的高潮，那是邺下文学、建安风骨的一代辉煌。他们一个个都是中国文学史上的一座座高山。曹操的写作"感于哀乐，缘事而发"（《汉书·艺文志》）；"如幽燕老将，气韵沉雄"（宋敖器之《诗评》）。曹丕的"长句长篇，斯为开山第一祖。鲍照、李白领此宗风，遂为乐府狮象"。（王夫之语）曹植呢，谢灵运说："天下才有一石，曹子建能占八斗，我得一斗，天下共分一斗。"蔡文姬的《悲愤诗》可与《孔雀东南飞》相媲美。他们还开一代先风。曹丕的《典论·论文》是现存最早的文学专论，钟繇的书法楷隶（又称八分书），开创了从隶书到楷书、草书的变体，史称为"钟（繇）、王（羲之）"。曹氏父子还在传统的雅乐中掺入另类的音乐，创造了可以配曲歌舞的曲辞"铜雀三调"。就连他们"西园聚会"的形式，也是后世的文人雅集发端，此后西晋的"金谷之会"、东晋的"兰亭之会"、南朝的"乌衣之会"，包括如今的文学沙龙，均出此源流……

这是我对一座土堆残缺的臆度和考证。

"读鲍照《芜城赋》则遇之矣！余悲其言。"

历史在这里做了个文学的梦，梦碎了，醒来一片苍凉。却有新雕塑的曹操像，连同老树枯藤昏鸦，还在苍凉的夕阳下书写的诗句：

老骥伏枥，志在千里；烈士暮年，壮心不已。

我的考证，于是有了新进展：理想是不落的星辰。有"建安风骨"在文学史上亮着，则邺城的灰飞、三台的烟灭，何悲之有？

"幸甚至哉！歌以咏志。"

故居里的章太炎

　　故居里的章太炎长发飘飘，昂首挺胸，像编《革命军》的邹容，也像如今的时髦愤青。故居里的章太炎从仓前镇的河边街上走来，走进他临街面河的章氏义庄"培昌南货店"那不大的台门，走进那同样不大、堂号"章六房"的宅院，在第二进的正厅里转了转，然后走进"扶雅堂"旁边的大厅里坐下，坐成一个半身的铜像。

　　章太炎都是这样走进这个小宅院的。从1岁走到23岁，从一个用毛笔蘸了水在墙上练字的童蒙小儿，走成一个饱读史书、热衷革命、崇尚古文学派的国学大师。后来，章太炎到杭州、到上海、到北京、到日本去了。偶尔回家也是行色匆匆，不是探亲就是逃难，进院后房门都要紧闭。仓前人不会知道，这个剪掉辫子，西装革履长发飘飘如马鬃的人，是让清王朝害怕，让袁世凯又气又恨又无奈的中国著名的革命家和思想家。他的学生，同样是中国著名的革命家和思想家的鲁迅，对老师章太炎评价说：考其生平，以大勋章作扇坠，临总统府之门，大诟袁世凯的包藏祸心者，并世无第二人；七被追捕，三入牢狱，而革命之志，终不屈挠者，并世亦无第二人；这才是先哲的精神，后生的楷范。

　　我却看见另一个章太炎——一个长衫马褂、戴瓜皮小帽的架一副圆框眼镜的章太炎。

这个章太炎能一套一套地把袁世凯骂得一身冷汗，却糊涂得连自家住哪里都不知道，坐在人力车里让车夫满京城一圈一圈兜着找。这个章太炎能把经学朴学说得细微分明，却糊涂得只认得五块钱。让仆人买一包香烟，他掏出五块钱；儿子做大衣，他掏出五块钱；在苏州盖房子，他也掏出五块钱！这个章太炎烟瘾大，上课也是烟不离口。常把粉笔当香烟抽，又把香烟当粉笔写。这个章太炎架子大，坐牢也要狱卒对他每日三次称老爷请安。这个章太炎讲话口音重，在北京大学讲课时，十几个大名鼎鼎的学生，毕恭毕敬地侍立一旁，大学问家钱玄同给他当翻译，刘半农给他写板书。

可笑、可爱而可敬的章太炎！

上个月底，我应邀参加塘栖枇杷节。在余杭区文联故事大王丰国需的陪同下，来到余杭区仓前镇。沿河畔街，我走进现已成了"章太炎故居"的老"培昌南货店"台门，走进堂号"章六房"小宅院，走进现已成"章太炎先生事迹陈列室"的第二进正厅。在三楼看了章太炎事迹的录像，再转到"扶雅堂"。在一个大厅里，我看见了章太炎。那个昂首挺胸半身铜像的章太炎。他飘飘的长发，如奔跑着的马的鬃毛，像飘动着的猎猎的旗帜。没看见穿长衫马褂、戴瓜皮小帽的章太炎。

那个可笑、可爱而可敬的章太炎呢？他何时从河畔街走来？他还会走进"章六房""扶雅堂"，走进章氏故居吗？

这么想着，就在故居里，我把自己站成一个想象中的章太炎。

贵州景物考

——荔波小七孔

去过两次贵州，一次风景观光——黄果树瀑布、龙宫溶洞，贵阳甲秀楼、花溪；另一次红色之旅——遵义、娄山关，乌江、赤水、茅台镇。写过《贵阳街头喝茅台》《黄果树观瀑》《雄关原来没有"关"》等文章，以为把贵州最好的、最贵的、最有名的风物尽收眼底笔底了。孰料六月底，业余旅游家方新兄见约，说还去看贵州更好、更贵、更有名的。迟疑中被带到黔南的荔波、黔西的织金、黔西南的兴义走了八天，看织金洞、马岭河峡谷、大小七孔等风景区，不觉大开眼界。感觉中的贵州，真有转了一山又一坡的惊奇，漂了一河又一瀑的刺激，钻了一林又一洞的幽秘，听了一歌又一曲的欣喜。遂作《贵州景物考》以补前之所未及。

荔波县在贵州南部，与广西壮族自治区南丹县接壤，历史上曾属广西又属贵州独山，也独立成县过。分分合合、撤撤并并至20世纪60年代初，荔波县方独立成县至今，属黔南布依族苗族自治州。

荔波的出名过去在于不开化，处于华南十万大山之中，长期落后。清嘉庆二十三年（1818）始设义学，光绪元年（1875）开建义塾，地方子弟方受教化。乾隆庚子年（1780）县内破天荒出现历史上第一位举人，此后中断九十九年到光绪五年又继出四位举人，荔波才露头角。直至民国出了个邓恩铭，在山东创建共产党组织，又是中共一大十三位代表中唯一少数民族（水族）代表。于是，荔波开始被国人提起。可惜邓恩铭1931年就被国民党杀害了，荔波复陷沉寂，少为世人所知。

荔波的名声大噪，始于2007年。在"申遗"中，荔波风景荣膺中国南方喀斯特地貌"世界自然遗产"，而大名鼎鼎的黄果树瀑布却名落孙山。于是，如状元及第，荔波一夜成名天下知。此后，游客如织，好评如潮。被誉为"中国十大最美的地方"之一，中国喀斯特地貌中之"山水天堂"，"地球腰带上的绿宝石"……

荔波风景有水春河峡谷景区、樟江风光和大小七孔景区等，而小七孔景色最美。

小七孔风景区位于布依族、瑶族居住的王蒙乡，因河上有座小七孔古桥而名。整个风景区是在一个宽仅一千米、长十二里的狭长幽谷溪河里，融山、水、林、洞、湖、瀑为一体的原始奇景，被人比作"九寨沟"。又因十平方千米内有景致百多个，且秀丽玲珑，又称"超级盆景"小阳朔。九寨沟和阳朔我都去过。九寨沟的海子虽大、色彩虽艳，但只像一块块凝固的水晶、翡翠，哪有小七孔的水灵动激越！阳朔山如青螺、水如衣带，但山是山、水是水、山水分离，哪有小七孔的山中有水、水中有树、树外有瀑、瀑内有洞，如此野性地纠缠、你我不分！当小舟划过鸳鸯湖里两棵高高长在湖水里的鸳鸯树时；当低头匍匐在水上林荫的树枝藤蔓中、光脚跋涉在林下哗哗流着的响水溪里时；当冒着雨珠穿过断桥瀑布、拉雅瀑布，然后用68级响水河瀑布的水濯我足濯我缨时；感觉中我哪是我，分明是几百年前的旅人、几千年前的猴子了：就知道已扬名数百年的黄果树为何评不上"世遗"了。是那瀑布前的现代化建筑和夜夜如梦如幻的美妙灯光，把评委们的访古梦惊破了！

我们是从景区的北门入山，顺响水河蜿蜒而下，过卧龙

◎ 贵州景物考

潭、鸳鸯湖、水上林荫、拉雅瀑布，下 68 级响水河瀑布，到达小七孔桥的。小七孔桥只是一座有七个桥洞、桥面平直如板凳的小石拱桥。因其建于道光十五年（1835），桥石上爬满了上百年的藤叶青苔，且又是古驿道，古时贵州与广西的咽喉而著名。导游信誓旦旦地说，明末大旅行家徐霞客就是从这里由广西进入贵州的。我就想，他是骑驴、步行还是被人抬着轿子过来的呢？他过来时应该是比较艰难了。当然还没有这么好的七孔桥，只是木桥、竹桥或石拱桥吧。也许没有桥，只是碰步。而他也已有五十二三岁了吧，大概还有病？因之后两年他还没游完云南就被人抬回江苏老家，不久就死了。怎么没留下文字呢？徐霞客对贵州许多地方都记有文字，怎么没有荔波的？连大七孔那个中国第一天生桥的"东方凯旋门"，他也没有提及。不禁让我遗憾。

遂查《徐霞客游记》，卷四下记有："戊寅三月二十七日自南丹北鄙岜歹村，易骑入重山中，渐履无人之境。五里，逾山界岭，南丹，下司界。又北一里，逾石隘，是为艰坪岭；其石极嵯峨，其树极蒙密，其路极崎岖。黔、粤之界，以此而分；南北之水，亦以此而别……"文中还数处出现荔波地名。因喜而念之：何不以此为记？

"江山也要文人捧"，小七孔该有碑记！

回荔波县城，听得一首叫《联山湾》的新民歌，歌曰：山弯弯，水湾湾，我的家乡在联山。山弯鸟儿飞，水湾鱼儿跃。清水浇得庄稼壮，青草养得牛羊肥。男人播种黄金谷，女人编织七彩布。白云碧水映木楼，布依人家乐悠悠。山弯弯，水湾湾，好山好水联山湾……

歌美曲美，据说是当地人编的。并且，已将它制成手机彩铃。凡持此彩铃手机的，到当地旅游门票打对折。这好。若给小七孔等景区也配上如此美的歌，那更好，那荔波就不是一般地出名，而是让那地球腰带上的绿宝石的名出得更其有声有色有内涵了。

狼　山

　　狼山去过一年多了，但至今念念不忘，老想写写它。为什么呢？就是它的名字。

　　我曾想：南通这个商业文化很浓的平原城市，为何将它为数不多、宝贝样的小山取这么个凶恶的名字呢？是传说中曾经出没过狼还是山形像狼？即便如此，又何必取这么个"野拙而狞厉"（余秋雨语）的山名？及至我真的去了狼山，才知道个中

○ 狼山

奥妙。

　　我们从杭州出发，车过江阴长江大桥后，前后都是一望无际的平原。我们是丘陵地带人，乍一见平原，感觉眼前无遮无拦，心情非常开朗。但几个小时开朗下去，就觉得单调，就觉得像读洋洋洒洒没有曲折故事没有标点符号的长篇散文，就审美疲劳，就昏昏欲睡了。同去的省作协副秘书长老王是南通人。他告诉我们说：苏北稀罕山。连你们温州人最看不起眼的小石头，我们都当宝贝。又说：这一带都没山，唯南通有两座：一座叫狼山，一座叫军山。

◎ 狼山

到了狼山一看，真的不高，仅百米，我们很快就爬到山顶了。但毕竟是山，在山顶，感觉就与平原不一样了。望山下，西边是无垠的平原，南边是浩荡的长江，东边是迷蒙的大海，一种君临天下、神游四极的豪迈油然而生。于是，就想到这山为何叫狼山了。因为江和海的汹涌，在这里碰撞出野性，这山，就是江、海冲激在平川上狼嚎般的惊叹号！

还有惊叹号写在狼山上，比如唐代著名文人骆宾王的墓。

我们在狼山脚下发现骆宾王墓时，都很惊讶。一是因为骆宾王是浙江义乌人，义乌有他的墓。二是骆宾王为徐敬业写《代李敬业传檄天下文》随军造反后，兵败蹈海，不知所终。有说死了的，有说隐身当和尚的，墓怎么会在南通呢？可当地志书上写得分明，说明朝的时候，当地农民挖得一块墓碑，上写：唐骆宾王墓。说义乌的骆宾王墓只是衣冠冢，有文注明"其墓在崇川"（崇川即南通）。又说骆宾王兵败，拟自长江口逃亡高丽。行至海陵（今江苏泰州），遇大风，无法东行。将士哗变，众人跳水逃生。骆宾王即亡命于"邗江白水荡"（今江苏启东吕四一带），隐姓埋名活下来，死后葬于南通。至于

怎么隐姓埋名，说是削发为僧，云游四海，且同朝诗人宋之问还在杭州灵隐碰见他。说宋之问晚上在灵隐寺作诗，写了开头两句"鹫岭郁岧峣，龙宫锁寂寥"后，写不下去。见一老僧来，随口接了下两句："楼观沧海日，门对浙江潮。"宋之问惊叹其妙，却不知老僧何人。次日问寺里小僧，回说就是骆宾王。急寻，老僧已遁。

这传说言之凿凿，连余秋雨也信，说自己"全是被早年听到的一个故事感染的"（余秋雨《狼山脚下》）。其实这是不合史实的。其一，事实上宋之问不但认识骆宾王，而且是故交。骆宾王诗集收有三首赠宋之问的诗，称宋为"故人"。故人相见岂能不识？其二，宋之问被贬江南住灵隐寺之时，已是武则天去世之后了。其时朝廷正为骆宾王平反，骆宾王若在世，已不需再遁。即使不愿还俗，社会也应知道。所以，宋之问灵隐遇骆宾王只是传说。不管怎样，骆宾王兵败后还活下来，并死在南通，该是可信的。更可信的，是骆宾王的名气。不说他七岁作的《咏鹅》诗传世不绝，如今三岁儿童都耳熟能详。就是他写的《代李敬业传檄天下文》，对后世影响很大，其中"请看今日之域中，竟是谁家之天下"句，不说后人，连当年被骂的武则天，看了都动容，感叹说："宰相安得失此人？"《代李敬业传檄天下文》遂与王勃的《滕王阁序》并列，成为中国骈文史上的双璧。骆宾王也与王勃、杨炯、卢照邻一起，并称为"初唐四杰"。杜甫有诗曰："王杨卢骆当时体，轻薄为文哂未休。尔曹身与名俱灭，不废江河万古流。"

当然，狼山还有清末状元、民初大实业家张謇墓，辛亥革命烈士、李大钊的老师白雅雨墓，宋末抗元英雄文天祥的部属金应墓，清代学人刘南庐墓，朝鲜爱国诗人金沧江墓。还有供奉唐代国师僧迦的大圣殿，以及赵绘沈绣之楼、林溪精舍、语梅楼、啬园等。这些名胜古迹，都和骆宾王墓一样，有着感人的故事，是一个个立体的惊叹号。高不过百米的小山，竟耸立着如此之多的惊叹号，狼山焉能不"狼"？

山顶上一副对联，写道：

长啸一声，山鸣谷应；
举头四顾，海阔天空。

长啸在耳，四顾在目。狼山，怎能不让我念念不忘、老想写写它呢？

水绘园

就像冒辟疆偶然而命中注定地要结缘董小宛，我也偶尔而注定邂逅了江苏如皋的水绘园。

水绘园果然是水做的围墙，水绘的图画。陈维崧《水绘园记》说："南北东西皆水绘其中，林峦葩卉块扎掩映，若绘画然。"又说："冒辟疆明亡结庐乡国，追忆向之所历者，乃构石为山，冈川为池，殆臻乐阿洞壑之美于斯为最也。"进门绕园转一圈，烟波玉亭、湘中阁、悬霤山房、壹默斋、寒碧堂、妙隐香林、小浯溪、洗钵池等排列如仪。那些门窗那些石栏那些土坡流水，似乎都争说着当年的故事。眼前就有了一幅图景：17世纪的文人冒辟疆和爱妾董小宛荡舟湖中。华灯初上，琴瑟和鸣，桨声水声里烛影摇曳。或高朋满座，新诗初成。"乃开寒碧堂，爰命歌儿演《紫玉钗》《牡丹亭》数剧，差复谐畅漏下二鼓。"（冒辟疆《水绘园修禊记》）其时月光潋潋，满地铺银。酒足人醉，且将那国破家败、山河易帜，只作那叙事的背景、林间的回声；且将那丧亡之慨偷换成山水之乐，何等地悲欣交集？良辰苦少，红颜早逝，好景不再。多少年后，早已鬻宅别居且年过八旬的冒辟疆，念及当年的水绘园和董小宛，还感慨涕零，写诗曰："冰丝新，藕罗裳，一曲开筵一举觞。曾唱阳光洒热

泪，苏州寂寞好还乡！"

千年的水绘园，永远的董小宛。

董小宛，名白。因推崇李白的豪放，自号青莲。与柳如是、李香君等并称为"秦淮八艳"。董小宛非但天生丽质，而且才华出众，琴棋书画皆通。因其出身绣庄，又善歌舞，还有"针神曲圣"之称，说是秦淮旧院一流人物，"才艺为一时之冠"。

一代名妓，旷世才女，更难得又是贤妻良母、治家理财的能手，善于把平常的家居生活打理得如浪漫诗篇。养家护眷，侍奉冒家人，事事亲力亲为，深得冒母冒妻的欢心。又教冒氏二子读书，操持家务管理家产头头是道。她能制多种香露，能腌各种咸菜，把火肉烧得有松柏味、风鱼制得有麋鹿味，醉蛤如桃花，松虾如龙须等。她做的"董肉""董糖"流传至今，成如今扬州的名牌小吃。把平常的生活过得浪漫有意趣甚至有经济效益，她能与制造"薛涛笺"的唐代校书薛涛相比。而患难见真情，为心爱的人献身，薛涛却不如董小宛。清兵南下，举家逃难，小宛不仅"智计百出，保全实多"，而冒辟疆生病，更全力护理，一路不眠地照顾，终于一病不起，红颜早逝。这么一位智慧、勤劳、美丽而又具献身精神的女性，不要说冒辟疆称之"断非凡人世凡女子"，"余一生清福，九年占尽，九年折尽矣"，连后来清朝的男人，都公认她是"古今天下第一贤妾"了。

比起李香君、陈圆圆以至柳如是，董小宛还是幸运的。凭着她死后冒辟疆的一部实话实说的《影梅庵忆语》，凭着冒辟疆 81 岁写的"曾唱阳光洒热泪"的怀念诗，董小宛也该得以慰藉的。还有为小宛和自己建的水绘情侣园，还有逃难时刻着"乞巧复祥""比翼连理"的两支臂钏。

这些都已过去，只有水绘园依旧。尽管它修了毁、毁了修，但文气依旧，让人感受到书画的美、琴棋的趣、诗文的韵。还有温馨依旧，让人感受情

◎ 水绘园

侣园、文人园的精魄，渺然而又历然。那一段尘封已久的回忆，被一个个贸然的闯入者惊破，细碎如阳光洒成树下的阴影，淋漓如泪水滴落成水面的珍珠。更有情怀依旧，比如"曾唱阳光洒热泪"。不管是冒辟疆的还是董小宛的，不管是古人的还是今人的，阳光还是阳光，热泪还是热泪。这水绘园生命的体征，不断牵引后人来踱躞、来凭吊，来吟哦，来感慨叹息、黯然神伤……

高邮寻访汪曾祺

到高邮，为的是寻访汪曾祺。

没有汪曾祺，许多人也不知道高邮。

因了汪曾祺，运河、高邮湖、大淖、荸荠庵、镇国寺、文游台，成了许多人的梦里故乡；因了汪曾祺，小英子、明海和尚、高北溟、陈小手、巧云、十一子，成了许多人的邻里乡亲。

我更是如此。

于是，在淮安开完了会，第一个念头就是到高邮去。

到高邮已是下午四时半。时近黄昏，夕阳下的高邮城高楼林立，金碧辉煌，哪还有汪曾祺小说里的影子？我担心在这座现代化气息很浓的淮北小城里找不到汪曾祺了。于是，在下榻的弘升大酒店登记处，我小心翼翼地问服务员小姐："知道汪曾祺吗？"

服务员小姐说："知道，城里还有他的故居。"

这让我放心了不少，就问："故居在哪里？"

服务小姐为难了，犹豫着说："要不……你去买一张地图查查。"

去书店买了地图，却没有汪曾祺故居的标记。问卖书的大姐，她也记不清，就说："要不……你去北城老街看看。"

叫住一辆出租车，问知不知道汪曾祺，司机说知道，一副大包大揽的样子。于是让他带着我们去。

先去文游台。

汪曾祺的散文《文游台》第一句就是"文游台是我们县首屈一指的名胜古迹"。接着就有许多泰山庙看戏的描写。但现在去看，泰山庙没了，庙对面的戏台也只剩下一个土墩，还有一座高高的楼阁。这也好，反倒使文游台的内容更集中，更突出了秦少游、苏东坡、孙莘老、王定国文酒游会的主题。大门口一个三间四柱的石牌坊，上刻四字——"古文游台"。穿牌坊过单孔玉带桥，进清式结构的门厅，就是一个大四合院，院中立有秦少游全身铜像。他手执书卷，头微仰，如沉思，如吟诵。

秦少游是高邮最大的文人，也是中国历史上著名的诗人。汪曾祺对他很推崇，说："秦少游是高邮人的骄傲。高邮人对他有很深的感情。"又写诗一首：

风流千古说文游，
烟柳隋堤一望收。
座上秦郎今在否？
与卿同泛览湖舟。

秦少游铜像后面就是文游台了，即建在泰山（与山东泰山同名）顶端一座高高的楼阁。文游台为重檐歇山顶的二

层楼，一楼中堂嵌着画家范曾绘制的苏轼、秦观、孙莘老、王定国四贤集会的瓷壁画。

　　画是文游台的注解。

　　在文游台楼上感受秦少游、苏东坡等文人氛围时，总觉得缺点什么。缺什么呢？缺点汪曾祺的东西。作为与文人有关的景点，怎么找不到汪曾祺呢？正这么想着，猛抬头，发现头上有一个匾是汪曾祺题的，写的是"稼禾尽观"。大喜，就用摄影机一字一

字录下，似乎为汪曾祺争得一席之地。

从文游台出来，司机说带我们去看运河。想起汪曾祺说运河是悬河什么的，就觉得要去看看。

运河在高邮城外，与高邮湖比邻，看到运河就看到高邮湖了。运河很直很宽。可能是现在的建筑物高了，运河就低了，看不出"悬河"的迹象。河里有许多大船，但不是汪曾祺《我的家乡》里说的撑篙的船，而是像火车一样一拖十几只的大驳船。大驳船是机动船，故也看不到"脱光了上身，使劲把篙子梢头顶在肩窝处"的船夫。运河旁的高邮湖又大又平静，也还是过去"这样一片大水，浩浩淼淼，让人觉得有些荒凉，有些寂寞，有些神秘"。虽然也是黄昏，但因没有太阳，看不到令汪曾祺深深感动的"紫色长天"。湖边有几处长草的小洲，不知是不是大淖，因时间太迟，没办法进去考察。进去的是运河边上的镇国寺。因刚刚修葺后，一切都显得新气。方形的唐塔也在，与寺院隔得远远的，鹤"离"鸡群。"倾斜的照壁"没有倾圮的感觉，可能是重修后不斜了。整个寺在运河中的一个岛上，类似《受戒》中的荸荠庵。我去时，和尚们正关了寺门做晚课，只听到整齐洪亮的诵经声。这中间有没有明海小和尚呢？如有，也该八十来岁了。镇国寺孤零零地立在岛上，旁边没有民房，也没有闲人。二姑娘小英子呢？没看到，也许是将船划到芦花荡里去了吧。

天已灰蒙蒙地暗下来了。我说，快去北街汪曾祺的家，太迟怕找不着了。

就往老城北街跑。

老城北街还是一条完整的老街。两旁是一家家窄小的旧店面，店面前，还时时有一辆两辆板车卖货，将路挤得更小，车子在街中歪歪扭扭得如同虫爬。司机说，这条街是当年高邮城最繁华的主街道，现在只住些老人或穷人。看那屋里或吃晚饭或闲坐的老人，个个都像《异秉》中的王二，《鉴赏家》里的叶三，《岁寒三友》中的王瘦吾、陶虎臣。年轻的呢，就是平平常常的"世间小儿女"。街边有一座学校，说是很著名的高邮小学。是不是汪曾祺的母校五小呢？这时正放学，从校内走出许多学生和老师。里头有没有写校歌的高北溟和敲钟的詹大胖子呢？有没有"戴着妈妈孝"的汪曾祺呢？

终于到了一座颇具气派的砖房前，司机说到了。下车一看，有一木牌，写着"王氏旧宅"，怎么看还是缺了三点水。走进门内，看到一旗杆，又有两个人的铜像，底座刻着："王念孙、王引之。"有沙孟海的题匾："一代宗师。"又有李一氓题写的对联：

父子一门乾嘉绝学，
宋明以外训诂大成。

原来不是汪曾祺的家，却顺带着把著名的经学大师王氏父子的故居看了。问里头的人，也说不清汪曾祺家在哪里。司机慌了，打手机问东问西，终于问出了底里：汪曾祺故居在南门老街竺家巷。

于是又把车子在旧街路里摇摇晃晃半天，终于停在一块"玉堂池"的招牌下。其时天已大暗。在路灯幽微中，由一位热情的大嫂领着走进"玉堂池"对面的竺家巷。

到了竺家巷九号，在一座两间平房门口，看到一个蓝底的小牌，上写白字："汪曾祺故居。"就听到大嫂就用"高亮而悠长"的声音叫：

"汪家的……有人看汪曾祺来啰……"

让人想起"二丫头……回来吃晚饭来……"的叫声。

就有一位穿圆口白汗衫、蓝布短裤的六十多岁模样的老人出来，将我们迎进小屋。

小屋很小，只有十几米。又矮，似乎要撞着头。分前后两室，前室墙上挂着四幅汪曾祺的字画，正堂是一个摆设柜，摆着几个青瓷的花瓶。摆设柜后的小屋是主人休息的地方。有一个电视机，几张桌椅。墙上除了汪曾祺的字画外，还有一张放得特别大的汪曾祺半身照片。照片上的汪曾祺在抽烟沉思，专心致志的，如平常在家"憋蛋"。

老人却很客气。对我们问长问短，明显表示出对来访者的热情和欢迎。又拿出一本签名簿叫我签名，看那簿上，签名者寥寥，全是不认识的。

我在签名簿上写道："瞻仰汪曾祺故居，是我多年夙愿，今日到此，一表崇敬之情。"落款是"汪老温州弟子刘文起"。

汪曾祺三次到温州，我都有碰面。一次瓯海，一次永嘉，一次洞头，写下《初识楠溪江》《百岛之县》等作品。我对汪老早已心仪，曾学汪老风格。汪老给我题字："学我者生，似我者死，文起以为如何？"又说"'学我者生'句是齐白石说的，非我独创也"。因此，今天以弟子自署，并非虚言。

老人见如此题字，更是高兴。嘴里"哦哦哦"着，脸也涨得通红。

他身材高大，脸色白净，像《岁寒三友》中的王瘦吾，也

◎ 高邮

　　像《鉴赏家》里的季匋民，一看就是搞文艺的。然而不是，是防疫站的退休医生，汪曾祺的妹夫金家渝。金先生向我介绍，汪家原来有许多房子，都被拆了，现留着的这两间平房是当年堆杂物的。我想起汪曾祺的《我的家》，里面写道："我们那个家原来是不算小的，我的家大门开在科甲巷，而在西边的竺家巷有一个后门。"还说中间有正屋、大堂屋、敞厅、花园。现在都没了，拆了，只剩这两间小屋了，这里还有汪曾祺吗？

　　金家渝老人告诉我，这两间平房现在住着两家人。一家是他和妻子（汪曾祺的妹妹汪丽纹），另一家是汪曾祺的弟弟汪曾庆。汪曾祺有两个同父异母的弟弟，一位死了，这一位虽然活着，但很落拓，终身未娶，又一直没职业，直到"文化大革命"后才有工作，在一个单位搞宣传，因为他文笔和画工都好。还有一好是喝酒，像汪曾祺，天天喝。

在隔壁平房内灯光昏黄下的桌子旁，我见到了汪曾庆老人。

老人白头发黑皮肤，矮矮瘦瘦，活脱脱一个汪曾祺。他正低头喝酒，见我们来，就起身让座。我看房内，除一张小桌、一条小凳外，别无他物。在空空的墙壁上，挂着一张年轻女人的照片。金先生介绍说："这是任氏娘。""任氏娘"是汪曾祺的第二任继母，汪曾庆的母亲。汪曾祺《我的母亲》中有对她的描写："任氏娘对我们很客气，称呼我是'大少爷'。我十九岁离开家乡到昆明读大学，一九八六年回乡，这时娘才改口叫我'曾祺'。"想起汪曾祺三次回乡都对任氏娘跪拜，不禁对照片肃然起敬。

再看桌上，一碗黄酒，两碟菜：一豆一鱼。金先生说，曾庆是家里能够与曾祺大哥等量对饮的一位。1981年，汪曾祺就写了一副对联给他："金罍蜜贮封缸酒，玉树双开迟桂花。"说弟弟又说自己。1993年，又赠一副藏尾式的对联给他："断送一生唯有，消除万虑无过。"是感悟到喝酒的不好，自己却又戒不了，终因肝硬化去世。可见许多事说说容易做做难。汪曾庆老人也热情，让座，似有请我也来一口的意思。我本来想坐，但桌旁仅有一凳，我坐了，他们都得站着。不敢。于是请两位老人与我合影。汪老也不说话，只笑呵呵地站我边上，神态都像乃兄。

告别汪曾庆老人，我又回到隔壁金家渝的小屋，为的在汪曾祺的大照片前补拍一个照，算是在高邮找到他并合影留念了。金家渝老人拿出一本书送我，是当地文联编的《走近汪曾祺》，扉页有两行字：

高邮还有个汪曾祺

——江泽民

原来是江泽民在江苏视察时对高邮人随口讲的，被拿来做"最高指示"打招牌。临别时，金家渝老人递给我一张名片，上写："汪曾祺故居　金家渝。"没有头衔没有单位，一看就是自封的，门口那个招牌也许是自己挂上去的。且地方又小得连很多高邮人都不知道，令人感慨。

吃晚饭点菜，服务员小姐推荐高邮双黄蛋，20元一个，同行者嫌贵。我说，当年高邮几名在北京上学的青年对汪曾祺说："高邮除了秦少游外，就是您了。"汪曾祺说："不对，高邮双黄蛋比我名气大多了，我只能居第三位。"双黄蛋能不贵吗？

大家都笑。

饭后翻看《走近汪曾祺》，发现文游台有汪曾祺文学馆，是当地文联搞的。大奇又大憾。次日一早就去补课。

汪曾祺文学馆设在文游台东南仰止园的名人厅北展厅。门口有启功书写的匾额："汪曾祺文学馆。"两边柱子上是邵燕祥撰书的对联：

柳梢帆影依稀入梦，

热土炊烟缭绕为文。

进大门，是展厅，陈列着汪曾祺的一些手迹和各种版本的文集，四周墙上是汪曾祺的资料图片。中堂有汪曾祺半身铜像，像两边柱上挂着林斤澜撰书的对联：

我行我素小葱拌豆腐，

若即若离下笔如有神。

对联上方还挂着王蒙、贾平凹、叶辛等人题写的匾额。王蒙的题词是："天真隽永，自在风流。"贾平凹和叶辛的题词分别是"文章圣手"和"意味隽永，文思神远"。还有邓友梅、忆明珠、海笑和余光中等人的题字。对于各种评价，汪曾祺都不为之所动，只将沉思凝固在铜像的脸上，一副"你不能改变我"的神态。让我想起他那首只有两句的诗，《彩旗》：

当风的彩旗，

像一片被缚住的波浪。

参观汪曾祺文学馆给我的高邮之行画上了完满的句号，让我在高邮真正找到了汪曾祺，找到这位 12 岁离开高邮，66 岁后三次回高邮，77 岁永远回高邮，并永远淡然地活在高邮的汪曾祺。

◎ 赤壁情怀

赤壁情怀

一

　　登赤壁应该有风，应该有浪，应该惊涛拍岸；应该有山，应该有石，应该乱石穿空；应该有月，应该有舟，应该白露横江；应该有箫，应该有鹤，应该江流有声……

　　然而我站在赤壁前的时候什么都没有，只有头顶一轮烈日，辣辣地蒸烤着大地。

　　天气既然到了四月底，黄州一带夏天又来得比江南早，又是正午，穿着从温州带来的冬裤和长袖衬衫，那就只有喘气流汗的份了。

　　斗入江中的山麓还有，如丹的石室也有，只是满目葱茏中，掩映着一座座白墙黑瓦的亭台楼阁。没有了踞虎豹、登虬龙的巉岩，没有了栖鹘之危巢。没有了西边的古垒，没有了鼓角齐鸣，没有了拍岸的惊涛，连大江都远退了几百米，留下的只是被画廊小桥隔断的一汪湖水。隔断的还有苏东坡，在"赤壁公园"里，独自一人孤零零地立着，立成一座玉白色的雕像，任凭人们将他那气贯长虹的歌吟定格在石壁上：

　　　　大江东去，浪淘尽，千古风流人物。故垒西边，人道是，三国周郎赤壁。乱石穿空，惊涛拍岸，卷起千堆雪。江山如画，一时多少豪杰。
　　　　遥想公瑾当年，小乔初嫁了，雄姿英发。羽扇纶巾，谈笑间，樯橹灰飞烟灭。故国神游，多情应笑我，早生华发。人生如梦，一尊还酹江月。

这就是千百年来人们魂牵梦萦的东坡赤壁？

二

　　1080年2月1日，一个偏僻的江边小镇黄州，走来一老一少两个人。老的是苏东坡，少的是他的儿子苏迈。二人颠沛流离，惶惶如丧家之犬。无怪乎他们气色不好，此时43岁的苏东坡，身份是责授检校尚书、水部员外郎、充黄州团练副使、本州安置：不得签署公事。其性质近于流放，一个由当地州郡看管的犯官。21岁的苏迈是陪父亲先来报到的，他母亲等一干家眷，由叔叔苏辙带着，要等三个月后才到。他们是来打前站的，打点他们将要开始的黄州生活。

关于这段经历，《宋史》只有22字的记载：

> 轼与田父野老，相从溪山间，筑室于东坡，自号"东坡居士"。

但就这22字，蕴藏着苏东坡四年多脱胎换骨般的修炼，蕴藏着无论于黄州，无论于赤壁，无论于中国文学，无论于苏东坡自己的一段辉煌历史。

林语堂在《苏东坡传》中对这段生活作如下的评说："他现在所过的流浪汉式的生活，我们很难看作是一种惩处，或是官方的监禁。他享受这种生活时，给天下写出了四篇他笔下最精的作品。一首词《赤壁怀古》，调寄《大浪淘沙》，也以《大江东去》著称；两篇月夜泛舟的前后《赤壁赋》；一篇《承天寺夜游》。"余秋雨在《苏东坡突围》中更掩盖不住激动和欣喜，用诗一般的语言写道："引导千古杰作的前奏已经鸣响，一道神秘的天光射向黄州；《念奴娇·赤壁怀古》和前后《赤壁赋》马上就要产生。"

赤壁是幸运的，遇到苏轼这个大文豪；苏轼也是幸运的，找到长江，找到赤壁，找到这些个激发他天才灵感的载体。

苏轼在黄州先是住寺院，后来住在临皋亭。他给别人的信中

◎ 赤壁情怀

说："寓居官亭，俯迫大江，几席之下，云涛接天。"除天天看长江听涛声外，还可经常到赤壁游玩。他在《与参寥子》一文中写道："……所居去江无十步，独与儿子迈棹小舟至赤壁，西望武昌，山谷乔木苍然，云涛际天……"可见，云涛接天、壁立千仞，是他们经常的感受。

除了赤壁的自然景色外，赤壁之战的典故也是苏轼感悟人生借题发挥的触发点。他在《赤壁洞穴》中说："黄州守居之数百步为赤壁，或言即周瑜破曹公处，不知果是否？"在《与范子丰书》中又说："黄州少西，山麓斗入江中，石室如丹。传云曹公败所，所谓赤壁者，或曰非也。"

既然自己都怀疑是否真的当年三国赤壁，为何一而再、再而三地写赤壁呢？这其实是借江边赤鼻矶抒发自己的英雄豪气和胸中块垒。正是"聊借英雄发感慨，移山走海骋笔端"；"赤壁何须问出处，东坡本是借山川"。

对于赤壁为何能给苏轼以灵感，余秋雨有一段精彩的述说：

　　这便是黄州赤壁。赭红色的陡峭石坡直逼着浩荡东去的大江，坡上有险道可以攀登俯瞰，江面上有小船可供荡桨仰望。地方不大，但一俯一仰之间就有了气势，有了伟大与渺小的比照，有了视觉空间的变异和倒错，因此也就有了游观和冥思的价值。客观景物只提供一种审美可能，而不同的游人才使这种可能获得不同程度的实现。苏东坡以自己的精神力量给黄州的自然景物注入了意味，而正是这种意味，使无生命的自然形式变成美。"（《苏东坡突围》）。

多少次临江远眺，多少次驾舟夜游，终于有了被称为"苏词的奇观"的黄州词，"苏文的高峰"的黄州文，"高峰之巅"的前后《赤壁赋》（洪亮《放逐与回归》）。

三

其实，同样的长江，同样的赤壁古战场，也给以前的文人墨客以灵感，也留下了一些广为流传的述作。著名的就有诗人李白和杜牧。

唐开元二十二年（734），李白在游江夏时写了一首《赤壁歌送别》：

> 二龙争战决雌雄，赤壁楼船扫地空。
> 烈火张天照云海，周瑜于此破曹公。
> 君去沧江望澄碧，鲸鲵唐突留余迹。
> 一一书来报故人，我欲因之壮心魄。

李白这首诗是写给要去游赤壁的友人的。这友人不知是不是宋之悌。因为宋之悌也在那一年因贬朱鸢（今属越南）路过江夏，李白曾写《江夏别宋之悌》诗。不管是不是宋之悌，反正李白都没有跟着去赤壁，只凭自己的想象来描绘当年曹孙两军血战的情况。虽也写得惊天动地，但毕竟没有实地感，个人的感慨也没有很好地发挥。后人选的《唐诗三百首》没选这一首，是否这个原因呢？不得而知。

与李白相比，杜牧对赤壁就了解得多一些了。

唐武宗会昌二年（842），在朝中任员外郎兼史馆修撰的杜牧，突然出为黄州刺史。其时年方39，正是大有作为之年，远谪外地该是很大的打击，原因据说是受宰相李德裕的排挤。黄州当时是个偏僻小郡，"户不满二万，税钱才三万贯"，杜牧对这次外任颇为不满。从出任黄州到池州、睦州三处七年，处境虽比苏轼好，但抑郁之志却比苏轼有过之而无不及。与苏轼相似，出任这七年，也是杜牧文学创作的繁荣期之一。他在黄州三年写的诗文不少，可分为两类，一类是反映社会现实，极富政治思想的散文；另一类是慷慨激昂、劲健畅快的诗歌，如七绝《赤壁》：

折戟沉沙铁未销，自将磨洗认前朝。

东风不与周郎便，铜雀春深锁二乔。

杜牧的《赤壁》诗最大的特点是采用翻案法，即从既成的史实反面着笔，生发议论。但他这种写法也有人反对。宋人许顗在《彦周诗话》中反讥说："意谓赤壁不能纵火，为曹公夺二乔置之铜雀台上也。孙氏霸业，系此一战，社稷存亡，生灵涂炭都不问，只恐捉了二乔，可见措大不识好恶。"也有人驳斥许顗说："'春深'二字，下得无赖，正是诗人调笑妙语。"（《一瓢诗话》）

后人的争执，谁对谁错不去管他。但杜牧深知兵法，好以兵法入诗，倒也是一大特色。

他还有一首《齐安郡晚秋》的诗：

柳岸风来影渐疏，使君家似野人居。

云容水态还堪赏，啸志歌怀亦自如。

雨暗残灯棋欲散，酒醒孤枕雁来初。

可怜赤壁争雄渡，唯有蓑翁坐钓鱼。

此诗虽提及赤壁，但只作为感叹的意象，不是诗歌的主体了。

除李白、杜牧外，唐朝写赤壁的还有胡曾的《咏史诗·赤壁》：

烈火西焚魏帝旗，周郎开国虎争时。

交兵不假挥长剑，已挫英雄百万师。

此诗只描述那场战争，并无新观点。

而苏东坡写赤壁的词和赋，后人评价是极高的。南宋王十朋

云："再闰黄州正坐诗，诗因迁谪更瑰奇。读公赤壁词并赋，如见周郎破贼时。"（《游东坡》）近人刘熊兴说："霸业原如春梦短，文章常共大江流"；"两赋名声辉北斗，三分事业付东流。"

苏东坡写赤壁的诗文，是后人永远不能跨越的文学巅峰。

四

在描写苏轼的传记性著作里，我比较喜欢林语堂的《苏东坡传》和洪亮的《放逐与回归》。对于苏轼在黄州写的诗文，林语堂认为最精彩的作品有四篇，三篇写赤壁的词、赋和一篇短

◎ 赤壁情怀

小的游记。林语堂说："单以能写出这些绝世妙文，仇家因羡生妒，把他关入监狱也不无道理。"洪亮在《放逐与回归》中写道："正是'乌台诗案'后的罪谪黄州，苏东坡走向真正文学大师境界的岁月开始了，他在此以前的作品，是不能与这段时期等量齐观的。"

那么，苏轼凭什么能到达这个境界呢？余秋雨在《苏东坡突围》里有一段概括性的说法。他说："这一切，使苏东坡经历了一次整体意义上的脱胎换骨，他使他的艺术才情获得了一次整饬和升华。他，真正地成熟了。"

余秋雨说的"这一切"是什么呢？我们来看看苏轼在黄州四年零两个月的生存状况。

首先，他是一个穷困潦倒的劳改犯式的人物。

那几年，尽管没人管制他强迫他劳动，但生活所迫，苏轼不得不像农民一样劳动。他向州府求得东门外"故营地"五十亩自种自食。"地既久荒为茨棘瓦砾之场，而岁又大旱。垦辟之劳，筋力殆尽。"所以，林语堂说："苏东坡是真正耕种的农夫，并不是地主。"既然是农夫，自然不会像陶渊明那样"采菊东篱下，悠然见南山"，而是"自种黄桑三百尺"，"日炙风吹面如墨"（苏东坡《次韵孔毅甫久旱已而甚士雨三首》）。

那么，穷困潦倒得怎么样呢？苏轼在《答秦太虚书》中说：初到黄州，薪俸已断，人口却没有减少，私下里十分犯愁，只好痛自节俭，日用不超过一百五十钱。每月初一，便取出四千五百钱，分为三十份，挂在屋梁上。天一亮就用画叉挑取一份，即藏去叉。未用完的钱，则以大竹筒别贮，用来招待客人。根据林语堂的计算，苏轼的日用一百五十钱，相当于现在的美金一角五分钱。在美国，一美金只能买一瓶矿泉水，那么，这一角五分美金那时能买多少东西呢？

所以，发配黄州，最初一段时间，苏轼是白天睡觉，晚上偷偷出去溜达。见土酒虽也能喝，但绝不多喝，怕醉后失言。在给李端叔的信中，他将当时的生活状况作如下描绘：

> 得罪以来，深自闭塞，扁舟草履，放浪山水间，与樵渔杂处，往往为醉人所推骂，辄自喜渐不为人识。平生亲友，无一字见及，有书与之亦不答，自幸庶几免矣。

亲友都不来信了，即使去信也不见回，可见问题之严重，唯恐避之不及了。

其次，他是学者型的诗人。

那两年，苏轼在黄州还做了几件事。

一是穷一年之力，写成《论语说》五卷，"颇正古今之误，粗有益于世，瞑目无憾也"（《与滕达道》）。接着又开始续写《易传》一书。这是父亲苏洵晚年的未竟事业。他整理父亲的遗稿，又将弟弟苏辙平时读《易》的札记拿来，加入自己的心得，编撰成书。二是对佛道的研究。他"归诚佛僧"，坚持每隔一两天前往安国寺参禅。同时对道家养生之术怀着十分浓厚的兴趣。他在《答秦太虚》中说："吾侪渐衰，不可复作少年调度，当速用道书方士之言，厚自养炼。"谪居无事，除了花大量时间钻研佛道理论外，还身体力行，一次借黄州天庆观道堂一间，闭关修炼四十九天。三是大量读书。最初专读佛经，后来又读史书和前人

◎赤壁情怀

　　的文集。且坚持每晚必读到三更，即使与朋友游玩，深夜归来，也会取书读上一阵。

　　这就是余秋雨所说的"使苏东坡经历了一次整体意义上的脱胎换骨"的"这一切"。就因了"这一切"，苏东坡就这样在"表里俱然"的禅境中，在"气味深美"的修道中，在"荒山大江，修竹古木"的自然怀抱中，在剔除了欺诈与利用的真挚情谊中，在躬耕东坡的"垦辟之劳"与"玉粒照筐筥"的收获之喜中，在"穷不忘道""老而能学"的书斋生活中，度过了贬谪生涯的最初两年，完成了他的信念重组，从最艰难的境地里走了出来，从最可怕的精神危机中走了出来，从而使他在人生境遇的最低谷迎来了思想艺术的第一个高峰，给中国文学史掀开了辉煌灿烂的崭新一页。（王水照、崔铭《苏轼传》）

五

在冥思中，我走进了赤壁公园，走进了诗的幻觉里。正是火热的中午，公园里阒无一人，任由我的思想、我的身子在赤壁山上遨游。苏东坡当年的栖霞楼、日波楼、涵晖楼、睡足亭都还在，但都是重修的。还有当年没有的二赋堂、坡仙亭、留仙阁、问鹤亭、挹爽楼等，是后人纪念苏东坡或以东坡词赋写意的建筑。建筑多了，小山便显得拥挤。当年那种"江流有声，断岸千尺；山高月小，水落石出"的景象见不到了。如东坡所叹："曾日月之几何，而江山不可复识矣。"

别说过了1000多年的今天，就是苏东坡去后不久，江山也已"不可复识"了。在苏东坡离开黄州后几十年，当时的黄州太守韩驹来赤壁寻踪时，见什么都没有了，就说："岂有危巢与栖鹘？亦无陈迹但飞鸥。"

但是，我还是感觉到苏东坡的气息无所不在，感觉到苏东坡在随我同行，感觉到苏东坡动地的歌吟：

寄蜉蝣于天地，渺沧海之一粟。哀吾生之须臾，羡长江之无穷……

我又想起杜牧，并为他抱憾。

杜牧和李商隐史称"小李杜"，才情不谓不高；杜牧也被贬黄州两年，所写的诗文不谓不少。但其影响绝不及苏东坡，何也？心态之故也。"在出任黄、池、睦三州的这七年中，杜牧这种受排挤的感觉与抑郁一直笼罩在心，并时时发为壮志而未能施展的愤慨和牢愁"（吴在庆：《杜牧诗文选评》）。而苏东坡，则是"无情地剥除自己身上每一点异己的成分，哪怕这些成分曾为他带来过官职、荣誉和名声。他渐渐回归于清纯和空灵，在这一过程中，佛教帮了他大忙，使他习惯于淡泊和静定。艰苦的物质生活，又使他不得不亲自垦荒种地，体味着自然和生命的原始意味"（余秋雨《苏东坡突围》）。

一个是愤慨和牢骚，另一个是清纯、淡泊、自然。而清纯、淡泊、自然，正是"静照"的境界，正好达到了美学上的佳境："空诸一切，心无挂碍，和世务暂时绝缘""在静默里吐露光辉"（宗白华《美学散步》）。因此，苏东坡赤壁三咏的登峰造极，自然水到渠成了。

这是苏东坡的"黄州现象"，也是在中国文学史上为数不多的特例。与之稍可比拟的，也许还有明朝的杨升庵。

杨升庵出身于四川一个官僚地主家庭，父亲曾身居宰辅。他自己23岁殿试第一名大魁天下，青年时代就位居清要，春风得意。不料36岁时，因"大礼之仪"抗疏言事遭廷杖，发配云南边陲直至71岁老死。由于他被逐投荒多暇日，于书无所不览，写成诗文杂著二百余卷，其著作之宏富，记诵之博洽，推为明代第一人。这也是因祸得福了。更与苏东坡相似的是，杨升庵借长江写三国故事的词《临江仙》也广为流传，后被罗贯中拿来放在《三国演义》中作卷头词。词曰：

滚滚长江东逝水，浪花淘尽英雄，是非成败转头

◎ 赤壁情怀

空。青山依旧在，几度夕阳红。白发渔樵江渚上，惯看
秋月春风，一壶浊酒喜相逢。古今多少事，都付笑谈中。

杨升庵的《临江仙》只能说受苏东坡《念奴娇》的影响较大，
不能与苏词作艺术上的比较，那是因为苏东坡的《念奴娇》、前
后《赤壁赋》影响太大了，确实是"辉煌灿烂的崭新一页"。古
人王炎说："东坡居士妙言语，赋到此翁无古人。"明代的于成龙
说："至今传二赋，不复说三分。"到了只说"二赋"不说"三国"
的程度，该是空前绝后了。

空前绝后的话不知有没有说过头，但后来的文人墨客对黄州
赤壁趋之若鹜、顶礼膜拜倒是真的。据我所知，去黄州赤壁怀古
或写过赤壁诗文的，宋代有韩驹、陆游、王十朋、王炎；清代有
赵翼、张问陶、曹雪芹、秋瑾等。所写的诗文抒发的赤壁情怀也
因当时的局势和诗人的心境不同而各异。比较特别的有三人：陆
游、曹雪芹和秋瑾。

陆游因当时金兵入侵时局动荡，而南宋朝廷又不作为，就
感慨道："君看赤壁终陈迹，生子何须似仲谋！"曹雪芹却独辟
蹊径，在《红楼梦》里借薛宝琴写的《赤壁怀古》，为失败的曹
兵翻案：

赤壁沉埋水不流，徒留名姓载空舟。
喧阗一炬悲风冷，无限英魂在内游。

而秋瑾的《赤壁怀古》诗，更重于表达对反清斗争的信心和
希望：

潼潼水势向江东，此地曾闻用火攻。

怪道侬来凭吊日，岸花焦灼尚余红。

　　不同的情怀，就有不同的赤壁；多少个文人，就有多少个赤壁！

　　其实，荆楚大地被称作赤壁的有五处：汉阳赤壁、汉川赤壁、武昌赤壁、黄州赤壁和蒲圻赤壁。而真正三国赤壁之战的遗址在蒲圻（现改为赤壁市），在离蒲圻38千米处的赤壁镇。我离开黄州就去蒲圻，看过那个情境。位于长江边的赤壁山，崖头拔空昂立如战马扬蹄，崖下乱石穿空、惊涛拍岸，分明是打仗的好地方（湖北人把这里的叫武赤壁，把黄州的叫文赤壁）。山上有诸葛亮借东风的"拜风台"和庞统读书的"凤刍庵"，附近还有黄盖湖，一切都与三国故事吻合。然而，历代去的名人和游客都没有黄州的赤壁多，名气也没有黄州的赤壁大。这就怪苏东坡的不是了。"至今传二赋，不复说三分。"人以文名，地以人名，自古皆然。

　　正应了曹雪芹的一句话："假作真时真亦假。"

　　千百年来，人们津津乐道的，不再是仅有历史依据的"三国赤壁"，而是饱含了丰富的人文情怀的"东坡赤壁"，"东坡赤壁"因此就有了和东坡"三咏"一样永不衰退的魅力。它不光矗立于长江边上，而且镌刻在文人学士的心上。这样看来，面对赤壁，只要有了自家的胸襟情怀，即便没有风、没有浪、没有山、没有石，即便没有月、没有舟、没有箫、没有鹤，又有何妨呢？

霞浦滩涂

霞浦，位于福建东北沿海。因境内有江东流入海，日出映照，江水如霞，故江名霞浦，山名霞浦，县名霞浦。

霞浦的海岸线为福建省最长，其滩涂更有"中国最美滩涂"之称，每年吸引来摄影的有好几十万人，故亦有"国际滩涂摄影基地"的金字招牌。为让游客纵观滩涂全景，霞浦县建有"东海一号"环岛景观大道。初秋的一天，我随家乡少年朋友的旅游团，坐着大巴，从霞浦县城入口，进入了东海一号观景大道。

观景大道配套建有滨海步行道、运动慢道和积石公园等6个观景台，及海尾1号等建筑设施。一路上我们从高处俯视，海滩、海浪、海礁及海滨的村庄尽收眼底。这条全长20公里的景观大道，连接起12个村庄，也将海边的地貌、景点串联成如一条美丽的项链。

第一站是海尾城堡，这里大海、蓝天、城堡融为一体，仿佛一个童话世界。而那沙滩、海浪、礁石，却构成一幅绝美的动感画卷。这里的海水碧蓝、波涛汹涌，海浪撞击在礁石上，激起洁白的浪花，仿佛有人把一块块巨大的翡翠摔在礁石上，引起碎玉冲天飞溅！再看那海尾城堡蓝白相间的色彩，以及城堡边上的小村镇上一律白色的小楼，那情景，让人恍然感觉立足于地中海畔的圣托里尼岛上。

车子继续前行，不久就到了大京沙滩。

大京沙滩有"福建夏威夷"和"闽东北戴河"之称。长三千多米，宽二百多米。其迷人之处，在于那条被当地人称为"沙龙岗"的沙丘。赤足走在沙滩上的滋味，妙不可言。沙龙岗的外面是一个斜度很缓的斜坡，顶部靠近防护林，海水浸不到，沙子雪白雪白的，也干燥。吸收了阳光的热量后，踏上去温而不烫，再加上柔软的沙子的轻轻摩擦，比花钱的足底按摩更舒适。沿着斜坡慢慢往下，沙子渐渐潮润起来，沙地也就坚实起来。由于海水的凝聚力，沙子不再是散乱的，踩下去，整个脚板陷下去，感觉与在雪地上行走无异。再往下，沙地就更坚实了，别说人走过去了无痕迹，就算负重的车子行过，也不过只留下淡淡的车辙。

大京沙滩不远处有小京沙滩。小京沙滩堪比马尔代夫，因去

的人少，属最干净的沙滩。沙滩细腻平缓，一波波海浪温柔舒缓地抚摸着沙滩，仿佛初恋情人之间的喃喃细语。使海湾多了份宁静，少了份喧嚣。

车子继续前行，不知过了多少个海湾和沙滩，就到了小皓滩涂。

小皓滩涂是经典的拍摄点。顺光能看到山下那一块块巨大的金黄滩，随波而变。逆光看一条条从沙滩上流淌过来的溪水，如蜿蜒曲折的滩涂动脉，闪烁着银色的光芒。阳光下的滩涂风光迷人，被人称为金沙滩、五彩滩。小皓滩涂的潮水呈S形的，与沙滩的纹理和谐相映，与小溪的流水和谐相连。据说夕阳西下时，看层层叠浪拍打着沙滩，看远处波光粼粼的海水，看海滩上背着渔具来往的渔人的身影，那是非常美妙的《渔家夕归图》！

号称东海1号公路的景观大道，起于积石村止于间峡村。中间还有积石公园、丹湾海景区、房车营地和间峡灯塔等，但都是从高处看海看滩涂，虽然尽收眼底，但也是雾中看花。真正身历其境体验海滩海涂风味的，还需住下来，细细体味。

于是，夜宿三沙下洋城村。

下洋城村是个不到百户的小渔村，却全村都是作民宿的新楼房。民宿不豪华，但名字很雅致，如：蓝海晨、蓝风屿、乡间驿家、梦波入境等。我们住的觅时帆民宿，房内仅二张床，连沙发椅子都没有，却一夜宿费要收450元。凭什么呢？凭的就是滩涂风光卖钱。翌日晨早起，我们真的看到了一幅优美的《海滩牧渔图》。

看太阳渐渐升高，阳光洒在海面上，滩涂便裸露出它的层次感：海浪一波一波接踵而来，用翻白的浪花在沙滩上写成一圈圈巨大的鱼鳞纹；海里支起的一丛一丛海带柱和紫菜架，如跃出海面跳动的滩涂脉搏；渔船一只一只布满海面，如写在海上的一行行文字！讨海之人，驾着滩涂摩托、三轮卡在滩涂上划出一道道亮丽的风景线；爱美的渔民戴上花布头巾，红衣服配着绿色的外套，连同肩上舒展的绿色的褡裢儿，都点缀着滩涂无限的生机……多生动的海耕劳作场面啊！

我们走下滩涂，看到海水里站着许多渔人，他们用圆网在海水里捞捕一网网的碎石，然后倒在沙滩里。沙滩里有许多渔家女，在碎石中挑拣出一筐筐的小蛤蛎，倒进旁边的翻斗车里。这些小蛤蛎是运出去卖给别人作蛤蛎苗子再养殖用的，每斤五到十元钱。我问她们：每天能捞多少斤小蛤苗呢？她们说都有上百斤，好的时候还能捞二三百斤！我一算，这不每天都能赚一二千元了？怪不得这村子家家盖新房办民宿！我以手加额，感谢上天酬勤，在回报辛勤的讨海渔民有丰盛捕获的同时，不忘投射侧光斜影，令滑板和车辆走过时留下的痕迹，变成洗练的线条；将劳作的渔民和渔船变成立体的剪影，让线条和剪影组成生动的画面，让人看了无限地慨叹：劳动真美，滩涂真美！

这就是鲜活的生机勃勃的霞浦滩涂！

这就是我们都拥有的诗和远方！

就有一首诗在耳畔响起：

日出东吾洋尽处，远山近海染红颜。

神奇诡谲杉篙影，也就朝阳映彩斑。

泰顺之旅

提起泰顺之旅，我心中有点惶恐。因为我第一次的泰顺之旅，就遇上车祸。

那是1990年，我刚调温州市文联不久。那时的温州到泰顺之旅，简直是蜀道畏途危途。不仅泥土路坎坷和泥泞，光分水关到泰顺县城那段山道，就有一百多个弯。坐车到泰顺，没有不一路呕吐或头昏眼花的。曾有作家林斤澜坐泰顺县政府派来接他的北京吉普车到泰顺，摇摇晃晃四五个钟头，呕吐不说，整个人被灰尘染得如同白毛女！这以后，文联就没人愿意去泰顺了。我那次去，是因为苍南县文联在泰顺的雅阳开笔会，我去为《温州文学》组稿。到雅阳的第二天，我们去泰顺县城找在泰顺县文化局的林长产局长谈筹建泰顺文联的事。我是坐文联的拉达小车去县城的。去时无事，不想回来时，因看不见转弯处的来车，就与过来的卡车撞上了。人没问题，车子却坏了，让修理厂的车子拖回温州。

从此轻易不去泰顺。我在温州市文联工作十年，除了泰顺文联成立时我去过一趟外，其他时间就再也没去过泰顺。到1999年，我在文联干足十年要换岗的时候，市委领导问我，泰顺缺书记，去吗？我婉言谢绝了。这中间，泰顺的畏途危途是主要原因。后来我调到温州晚报工作，直到今天，我再也没去泰顺。这样算来，我已近 20 年没去泰顺了。

给一个县委书记都不去的泰顺、一去二十年的泰顺，现在怎样了呢？

今年年初，我随中国游记名家联盟去泰顺采风，发现泰顺之旅与前大不一样了。一路的高速不说，分水关到县城这一段山路转弯也很少了。我在车上舒舒服服地眯了一觉，醒来就到泰顺的大峡谷山庄了。一问，温州到泰顺只开了两小时的车。

从车上下来，满山是雾。北京来的女作家韩小蕙慌了，说："哟？这里的雾霾也这么大！"

泰顺县旅游局的副局长张晓燕说："这是雾，不是霾。"

韩小蕙说："现在还有没有霾的地方？"

张晓燕说："泰顺！泰顺只有雾，没有霾。泰顺空气里的负氧离子约有二十万个，免费供应大家！"

大家欢呼雀跃，张开嘴巴大口大口地呼吸着新鲜空气。

诗人黄亚洲当即在手机上写诗：让我们多拉几回泰顺的旋转门，跳进去，做几天干干净净的人！

接下来的泰顺之旅，不断地给我们带来了大大小小的惊喜。

廊桥是泰顺的第一张金名片，刚到泰顺首先看的就是廊桥。泰顺的廊桥有 958 座，其中保存完好的明清著名的廊桥就有 32 座。这次我们只看三条桥、北涧桥和溪东桥。三条桥因初建于宋绍兴七年（1137），最古；北涧桥和溪东桥毗邻着，是姊妹桥，因其优美和精致，而被称为"世界上最美丽的廊桥"。廊桥我过去看过，这次来看，更觉得古桥焕发了新姿。桥前的廊桥文化园区里的展示，给廊桥增添了历史文化的沉重感和沧桑感。还有一个新收获，那是在溪东乡，我得知著名的歌曲《采茶舞曲》，原来就诞生在这里。1958年，随浙江越剧三团来溪东乡演出的作曲家周大风，因受山乡风情的启迪，灵感大发，在乡公所住处连夜挥笔写下那优美的旋律："溪水清清溪水长，溪水两岸好风光……"后来，这歌唱遍了浙江，唱响了全国，成为了浙江的代表作。如今，这歌已成了泰顺县的县歌。

看泰顺的古村落，是我这次泰顺之旅的意外惊喜。无论是百福岩村的周氏宅院，还是雪溪桥西村的胡氏大院，其规模其历史都令人惊讶。在这深山老林中，竟有如此浩大而古老的建筑工程。最好的是库村的古民居。这里的石径石墙，都是鹅卵石凝固了的历史，都是鹅卵石书写的传奇！诗人黄亚洲感慨说："库村震动了我心中的城！"《解放日报》的副刊编辑朱蕊说："泰顺的古村落和周边环境相融合，与山水自然和谐共存。"作家陈富强更是幽默地呼吁："目测库村要火。有点闲钱的朋友赶紧去那儿弄幢民宿，坐等收钱！"

一路上我们还看到碇步看到溪水看到深潭，那是泰顺的黄龙、泰顺的九寨沟！她们有着川西山泉的飞跃情怀，又有江南水潭的秀丽恬静。她们是世界上最绿最绿的水，仿若一条条清澈的玉带，又仿若一块块透明的翡翠，镶嵌在深山之中。

晚上泡在三十多度的氡泉里，让身体发肤体味丰富含量的矿物元素浸透全身的洗礼，让每个毛孔温润地扩张，任凭烦恼和疲惫在愉悦放松的氛围里一点一点地从身体上面抽离，真有一种飘然欲仙的感觉。

结束泰顺之旅时，主人让我们每人都写一百字的感言。我写道：

> 泰顺的元素是廊桥，那是架在天边的彩虹；泰顺的元素是氡泉，那是从地心喷薄而出的热情；泰顺的元素是古村，无论是砖砌的台门还是石垒的围墙，那都凝结着历史文化的风尘；泰顺的元素是一支歌，它唱出一个茶叶的浙江；泰顺的元素是没有霾的空气，那已与泰顺的风景一起打包出售……泰顺的元素是稀有元素，泰顺的元素是微量元素，它使泰顺本身又在美丽中国里，成了一个古朴清新而又神奇的元素！

在回温州的车上，看着平坦如砥的高速公路，我又想起二十多年前让我出车祸的泰顺的那条畏途危途。不过，这次反倒有了新的感慨。我想：若无那条危险之路的多年阻隔，泰顺现在的风景还能如此古朴，泰顺的空气还能如此清新吗？

但愿文明的进程不再以环境为代价，但愿泰顺的好风景永存！

夜宿华西村

　　到华西村已是傍晚六点钟了。暮色苍茫中，只见塔楼群里的九座塔楼和摩天大楼龙希大酒店，共十个庞然大物如十座擎天柱子，巍然楔在大地上，撑起华西村的一片天空。村口的那个金塔楼顶上的霓虹灯亮着几个字："中国华西。"这是在炫耀"中国第一村"的富丽堂皇。

　　进村，却看到大路两边是两排仪仗队似的石狮子和石麒麟。石狮子和石麒麟的尽头，就是70多层、中国第八高楼的龙希大酒店。

　　龙希大酒店造价30亿元，高328米。当年定楼高时，先打听北京的楼最高多少米，说是328米。老书记吴仁宝说："华西村要与中央保持高度一致！"于是这楼就定高为328米。有人说这楼是"山寨了的东方明珠"，有点道理。看那大楼，呈三足鼎立之势，最高端是一个金黄色的球体大楼。酒店共有826个客房，有可供5000人用餐的设施。顶端金色球体里，还有一个亚洲最大的旋转餐厅。位于60层的金会所里，一头用一吨黄金铸成价值4亿元的金牛，矗立在前厅中央(还有4座也是一吨重的银牛、铁牛、锡牛、铜牛矗立在其他会所里)。在这一层的总统套房，住一天的价格是10万元。我听了咋舌，可去问门卫，却说住一夜标准房只要 600 多元，其实也不贵。我走到酒店门口，却见酒店里少有人迹，就不敢入住了。

与龙希大酒店风格相反的是九座塔楼，除村口的一座金塔楼高 98 米外，其他八座都是高 69.8 米。因形象如塔又如楼，故称塔楼。其实都是旅馆，每座可住 288 位旅客。洋派的龙希大酒店和这些土气的塔楼群排在一起，鹤立鸡群。旁边有公园，叫"幸福园"。远看里面有亭台楼阁，有小桥流水。听说还有刘胡兰、董存瑞和耶稣、毛泽东、朱德、周恩来、刘少奇等塑像排在一起。后面还有山寨了的天安门、凯旋门、长城，塔楼顶上还有孔子、老子等等，这些天南地北的人物排一起，真是古今中外混杂，正契合了李瑞环的说法："华西村是亦土亦洋，亦城亦乡。"这也正是老书记吴仁宝的建筑理念，他说："我们村上级领导来得多，有领导说我们的楼洋，我们就请他看土的；有领导说我们楼土，我们就请他看洋的。这样，所有领导讲的话，我们都听了。"这话听起来有点滑稽。

我在塔楼里转一圈，天就全黑了。除了塔楼，街上几乎没有旅馆。我在亮着"中国华西"的金塔楼里住下。还好，住宿费不贵，标准间价格仅 200 多元。

第二天起床，开窗一看吃一惊：塔楼四周是海浪一般的别墅群，一座座棕红色的小洋房星罗棋布，点也点不过来，有几万座吧？估计华西村的村民每家都住上小别墅了。

我看了资料，说华西村原本只有 2000 来口人。从 2001 年起，兼并了周边 20 个村庄，人口一下子增到三五万人，村子也从华西一村排到华西十三村。现在华西村有企业 60 多家，年总产值 500 多亿元。净利润 40 亿元，人均收入 10 万元，是中国第一个电话村、彩电村、空调村、汽车村、别墅村，号称"天下第一村"。华西村还是一个旅游村，全年来此旅游的游客超过 200 万人。来此旅游必须登塔俯瞰村景，而登塔要收费，据说光金塔的两架电梯的年收入就达 300 万元。这让人惊讶。更惊讶的还有飞机。华西村还从美国和法国买了两架先进的直升飞机，开辟了空中看华西的新航线。这也是旅游必须的一景。只是票价要 1000 元，贵了点，故少有人坐。不过，看金葫芦塔楼群，看中国第八洋楼，开奥迪汽车，坐外国飞机，住农家别墅，吃农家土菜，听红色村歌等，这都是华西村的特色体验，让四方游客纷至沓来。一个独立独行的中国乡村，转化为一场特别的特色旅行，这在中国乃至世界也是独一份。还有听老书记吴仁宝的特色报告，那更是奇葩。吴仁宝的江阴话游客听不懂，旁边还坐着普通话翻译，像外国人开记者会。可这样也大受欢迎，以至于有时老书记每天还要报告五场，

这更是华西村的独一份。老书记的报告是华西村旅游中最新鲜的景点，也是唯一不收费的景点。可惜老书记已于 2013 年去世了，要不，我也一定会留下来听一场这个经典报告的。

因住在塔楼，早七点我就有了免费登顶层参观的机会。

顶层十五楼过道里竖立着孔子和老子的铜像，厅内是华西村两任书记吴仁宝和吴协恩父子与总书记合影的照片。还有就是中

央首长的题字，有华国锋、李鹏、姜春云、迟浩田、费孝通、吴学谦等，都是肯定的意思。其中李鹏题字两次。一次写着："华西村，中国农村的希望之所在。"另一次写着："华西村真正有希望。"

离开华西村时，我从旅游社里讨了一份资料，上面有一首吴仁宝作词的《华西村歌》，觉得有趣，遂摘抄如下：

华西村的天是共产党的天，华西村的地是社会主义的地。

华西人民艰苦奋斗团结奋进，锦绣三化三园社会主义的新华西。

华西村的天是共产党的天，华西村的地是社会主义的地。

实践检验华西，社会主义定能富华西，社会主义定能富华西！

江阴看名人故居

　　江阴多名人，有徐霞客，刘半农、刘天华、刘北茂三兄弟，有吴文藻、上官云珠等。到江阴看名人故居，是一项不错的旅游。

　　刘半农三兄弟的故居在江阴老市区西横街49号，在几条马路交会的广场中间，留一座平房小院。加上周围的草木绿化，使故居成了街心公园。

　　刘氏三兄弟故居原是刘氏祖籍故宅，三间三进平房小院子。它坐北朝南，前后二进十间三庭院。是一座具有江南民宅特色的清末建筑，距今已有150多年。

　　从前文化部部长朱穆之题字的"刘氏兄弟纪念馆"匾额大门进院，便看见了冰心的题字："刘氏三杰，江阴三光。"下面就是刘氏三兄弟的照片和文字介绍。他们三人都我国近代史上具有开创性的文化名人。刘半农是诗人、语言学家，开创了新诗流派"白话诗"。他的诗歌《教我如何不想她》风靡一时，无人不知。他创造的一个"她"字，更让后代的中国人受用无穷。刘天华是二胡学派的创始人，他大胆地借鉴西乐改进国乐，把二胡推向世界。我小时候学二胡，都从拉他创作的二胡独奏曲《良宵》《光明行》《空山鸟语》开始，故对他特别崇拜。刘北茂是二胡演奏家、教育家。刘天华死后，他为继承兄长的事业，

毅然辞去西北大学英语教授的职位，改任音乐教授，一生创作了二胡独奏曲 100 多首。一家三兄弟居然都是文艺界的翘楚，确如冰心所说的"三杰""三光"了。

上官云珠的故居在江阴的长泾镇河北老街，一座前店铺后住宅的木楼房式结构。面宽三开间，三进二层，共 350 平方米。长泾是老镇，交通并不方便。从马镇到长泾没有公交车，我是打电瓶车去的。到了河北老街，就见街上一寻常店铺，门台上挂一个金字横匾，上写："上官云珠故居"。进门就是一个上官云珠半身铜像，铜像四周板壁上都是上官云珠的照片和文字说明，介绍上官云珠的生平。上官云珠原名韦均荦，18 岁离开长泾去上海。入电影界当演员时，导演卜万苍为她起个艺名叫上官云珠。从此名声鹊起，成为我国著名电影演员。我是看着她的电影长大的，对她特别有感情。尤其她在"文革"中跳楼自杀的结局，成了我们心中永远的痛。她主演的电影《一江春水向东流》《早春二月》《舞台姐妹》等，都给我留下难以磨灭的印象。

后一进的木楼里，是上官云珠的电影剧照，介绍她电影艺术的成就。有多位名家题词。谢晋的题词是："美丽长泾培养了上官云珠。"吴贻弓的题词是："江南明珠，上官云珠；两颗明珠，共耀辉煌。"秦怡的题字是："长泾情谊深。"据说镇上有上官云

134

珠的全身铜像，我因匆匆而过，未及去寻找。

规模最大最上档次的，当数徐霞客故居。

徐霞客故居原名崇礼堂，在江阴市马镇南旸歧村的东首。故居分崇礼堂故宅和晴山堂坟墓两部分。故宅门庭挂着陆定一题写的"徐霞客故居"匾额，平房里展示着徐霞客传略、旅行路线图和经过地区的图片资料。看后更觉得这位中国最伟大的旅行家、探险家的毕生抱负，他实践了少年时就立下的"大丈夫当朝游碧海而暮宿苍梧"的志向。故居值得一看的还有徐霞客手植的罗汉松，已有约400年的树龄了。

晴山堂现被圈在"仰止园"内，成园内诸风景之一。进仰止园大门，便见一大红屏风上有毛泽东的手迹："我很想做徐霞客。"屏风上面有金匾，题字曰"旷世游圣"。出台门是一片湖水，绕湖有半圈碑廊，是全国各地书法家写的字碑。从中我看见我市书法家林剑丹的字，甚是亲切。原本晴山堂有著名的76块碑刻的，现不知在什么地方了。那是徐霞客为庆祝母亲80大寿请名家题刻的诗文，几乎汇聚了所有明代著名书法家的作品。出碑廊是一片草地，有徐霞客挺身而立的石雕。石雕的右边有一台门，上写"晴山堂"三字。入内是陵园，有徐霞客墓。立在墓前，向这位独一无二的历史伟致敬时，我想到一个问题：在中国文人历来只有进取功名和退隐田园两条道路选择时，徐霞客却选择了第三条道路：旅行求知。而这条道路前不见古人后没有来者，独一无二只有他，这是需要多么独特的见解和非凡的勇气啊！

从马镇来到江阴市区，才知道江阴还有文学家吴文藻、冰心的故居，佛学家巨赞法师故居，革命烈士张大烈的故居，中医教育家曹颖甫故居，版本学家缪荃孙故居，著名电影演员周旋的故居……因分散在全市各地，我都来不及看了。

我不禁非常惊诧：小小的江阴市怎么会名人如云呢？出租车司机告诉我：江阴市现在一直是全国百强县第一名！我终于信服了：本该如此，人杰地灵啊！

烟雨麦积山

天未大亮，我就在天水火车站坐公交车，去探访早已心仪的麦积山。

麦积山原名麦积崖，位于甘肃省天水市东南 25 公里。五代时的天水人王仁裕写的《玉堂闲话》书中说："麦积山者，北跨清渭，南渐两当。五百里岗峦，麦积处其半。崛起一块石，高百万寻。望之团团，如民间积麦，故有此名。"麦积山又因在高 20—80 米，宽 200 米处峭壁上凿有 194 个窟龛，泥塑石雕佛像 7800 余尊，乃成中国四大石窟之一，属世界遗产，被誉为"东方雕塑馆"。就因为此，这次从甘南旅游归来，我特地绕道天水，专程去游麦积山。

车到麦积山时，还是上午八时未到。景区未开门，我就在山下观看山景。其时烟雨蒙蒙，看麦积一山独立，真如麦堆。四下里绿树青草环绕，那山如浮在绿浪之中。这时人迹罕至，四下里一片宁静，唯有鸟声不绝。空气清凉，水汽氤氲，俨然在江南，让人无法与干旱，戈壁无边的甘肃相关联。看烟雨中的麦积山，除了恢宏大气之外，还给人平添了神秘感和浪漫情调。让人想起清朝天水人吴西川《麦积烟雨》的诗句："最宜秋雨后，兼爱暮时烟。"再看那麦积山的峭壁，那上面密集的洞窟，像蜂窝一样

"千疮百孔"。连接洞窟的栈道，凌空飞架，以盘龙之姿，在云里雾里翻腾盘旋。其景象雄浑而缥缈，如梦如幻。路旁有碑刻，说"烟雨麦积"，是秦州（天水古称）十景之一。果真绝妙景致。

好容易等到开门，进去第一站，是一座寺庙。寺庙的廊柱上写着："行经千折水，来看六朝山。"长廊上有介绍，说："麦积山石窟始建于后秦（384—417），大兴于北魏明元帝太武帝时期，孝文帝右和元年（477）后又有发展。后经唐、宋、元、明、清各代不断地开凿扩建，遂成为中国著名石窟之一。"这就是"六朝山"的来历。

从东崖栈道上行，入眼的洞窟皆被铁丝网封闭，游人只能从门窗中向里面张望。我走到127号洞窟前，有介绍说是麦积山较大型的洞窟之一。因其较完整保存了西魏精华的100余米壁画，而著称于世。其中的东王公遨游太空图，笔法粗狂奔放，是中国早期壁画的精品。又看第123窟，其神像是西魏时期的塑造，尤以门内两尊童男童女而著名。天真稚气的少男少女能置身于佛国世界，这是那个时代艺术家热爱生活、观察生活的传神之作。第165窟位于西崖东端的中层，此窟前部已塌毁，原作造像全无。现存的造像，均为宋代的作品。正壁两侧供养人，及左右壁的菩萨，身着世俗服饰，瓜子脸，丹凤眼，樱桃小嘴，形象逼真，为宋塑中的精品。由此可见，世俗化的倾向，当时已在佛教中有所体现了。

我们在连接洞窟之间的栈道上爬上爬下，实在惊险。每走一步，都小心翼翼，不敢将眼光看外看下。因为高峻而凌空的爬行，每一步好像都是在冒险，每一眼都会让你心惊胆战。终于爬到接近顶部的第4第5窟了，看后才知道，这是接近了艺术的高

峰了。第4窟是七佛
阁，俗称散花楼。是
北周大都督李允信为
其亡父建的，是中国
现存仿宫殿式佛窟中
最宏大的一个洞窟。
平拱藻井是此窟的特
点之一，它属于单檐
庑殿式，在中国古代
建筑史上具有非常重
要的价值。第5窟位
于七佛阁左侧，俗称"牛儿堂"，是麦积山初唐壁画的代表作。
建于隋代、初唐，经宋、明重建，仍保持唐初的造型风格。尤以
"牛儿堂"为代表，在继承西魏秀骨清身的特点基础上，开始变
面短而艳的风格了，开启了唐代造像丰满圆润的先河。

　　当然，对于各洞窟的雕像或壁画的特点和艺术价值，我都是
从石窟的介绍资料上看来的。这样对着资料看石窟，就像看一部
六朝雕塑艺术史，参加一个雕塑艺术品鉴赏会。这是麦积山的好
处，为其他石窟所没有的享受。

　　终于登上悬崖峭壁的最高层了，这里一条石窟长廊。长廊中
间顶上挂有一匾额，写着"是无等等"四个字。我问管理人员：
此四字何意？管理人员说：心经中有是无等等咒。我问导游，导
游给我讲了一个故事。

　　导游说，写这四字的人是明末清初的书法家。他一心反清复
明，把自己的名字改为"王明望"。但他的愿望并没达到，于是

把希望寄托在儿子身上，给儿子取名为"王子望"。而儿子还是没有为他实现反清复明的愿望，他很苦闷。有一天，他来到麦积山，登上麦积山崖壁上的栈道。看见后面崖壁上佛龛成群，看见前面山水空灵毓秀，心情豁然开朗，对世间事一切都想通了。遂提笔写下了"是无等等"四字。

我站在"是无等等"匾额下，体味前人的境况。后面是众多石窟里佛道的教化，前面是层林、田野、村庄。此时烟雨初霁，阳光普照，白云缭绕，绿浪如潮，大自然一片美好。于是想世间事，什么大喜大悲，什么惊涛骇浪，什么战争和平悲欢离合，都如眼前的烟云，虽卷舒变幻，却瞬息即逝。想世间人，什么对也好，什么错也好；什么得到也好，什么失去也好，都是生不带来，死不带去，一切都不过如此而已。唯留千古江山，让后人作各种感慨。

这就是"是无等等"，这就是麦积山带给我的"是无等等"的一番心得。

一路西北菜

　　八月份我过宝鸡到兰州，然后随团游甘南。再走张掖、逛天水。一路走来，足迹遍布陕甘川，嘴巴吃遍西北菜。真个是嘴角留香，别有一番滋味。

　　我从陕入甘，先到宝鸡。在宝鸡，我就找羊肉泡馍和胡芦头店。羊肉泡馍"凤鸣春"店里有，可惜那店太洋派太干净了点，不如露天的摊子蹲路角上吃的好。买了票，服务员端了两个馍饼子给我，问我自己瓣还是店里给我瓣？我嫌烦，就说店里瓣吧。服务员就把馍端走了。我看各桌子上，都是吃客自己瓣的。就问同桌的大嫂，为何不叫店里瓣？大嫂说：自己瓣好，细。如果吃不了，还可剩下一个半个馍的。我一看，真的，大嫂桌上还留着一个馍呢。就问：你常来吃泡馍吗？大嫂说：哪里嗬！我们陕西人喜面食，家里的面食吃厌了，就出来掇一顿羊肉泡馍。我一听，原来羊肉泡馍还是好东西，家里吃不着呢。

羊肉泡馍上来了，满满的一大碗。我一看，黏糊糊的，如我们南方的泡饭。满碗的油汤，上面浮着几片羊肉。我吃了几口，羊味很重，不大好吃。肚饿了充饥可以，谈不上享受美味。就吃了几口不吃了，我要留着肚子吃胡芦头。

胡芦头店不好找，好不容易在街角找到一间。这店蛮正宗的，店堂里贴着介绍文字，说这个小吃还是古代名医孙思邈发明的，说胡芦头就是用猪的大脏头加配料烧的。我要了一碗，吃法如羊肉泡馍。而那猪脏头，其味也平常，如猪肚。想当年贾平凹请王安忆吃，说胡芦头是猪的痔疮，吓得王安忆不敢吃，让贾平凹高高兴兴地吃了两碗的事，不禁哑然失笑，却也倒了胃口。

到兰州后，第一要紧的，就是去吃兰州牛肉拉面。兰州牛肉面讲究的是"一清二白三红四绿"。一清是汤要清，二白是汤里定要有几片白萝卜，三红是要调油泼辣子，四绿是面上要撒香菜、蒜苗。兰州牛肉面的拉面也有讲究，不但有劲道，拉的粗细也不同。小伙子喜吃"二细"和"大宽"，女人们喜吃细的"韭叶子""毛细""荞麦棱"等。吃了兰州的牛肉面，才知道与我在温州或其他地方吃过的兰州牛肉面有不同。温州和外地的兰州牛肉面里没有白萝卜，温州和外地的兰州牛肉面馆二十四小时都营业。而在兰州，牛肉面是早餐，面馆早六点开门营业，最多做到下午两点就关门了。兰州人说，那些整天24小时营业的兰州牛肉面馆，不是兰州人开的。

兰州还有一种面，叫臊子面，也很有名。臊子面历史悠久，源于唐朝的长命面，也叫汤饼。唐朝诗人刘禹锡有诗说："余为座上客，举箸食汤饼。"宋朝的苏东坡也说："甚欲去为汤饼客，惟愁错写弄獐书。"臊子面的浇头有猪羊肉、萝卜、洋芋等，在锅中炒好，辅之以豆腐、葱、蒜、香菜、虾片、芝麻等佐料作汤，将面入汤，即以薄、筋、光、煎、稀、汪、酸、辣、香而闻名。我去吃了一碗，其味与兰州牛肉面不同，特别可口入味，可惜没能像兰州牛肉面那样普及，流传全国各地。

在西北菜中，称得上头道菜的，应该是羊肉。甘肃羊肉最出名的是东乡手抓羊肉，那是西北地区的一道名菜。我们驾车沿312国道从陕西入甘肃，东乡手抓的招牌就随你一路向西。在甘肃，你若不吃东乡手抓羊肉，那就不知羊肉中的极品，不知道什么是狂野的甘肃味道。

东乡手抓羊肉所用的，是甘肃临夏东乡民族自治县的羊。那里山大沟深，干旱少雨，那羊却养得膘肥肉嫩。新鲜的东乡羯羊现杀现煮，水里加点花椒粒、生姜、盐就行。我在甘南的临夏、夏河、合作等地的几天，几乎天天吃东乡手抓羊肉。吃一口羊肉，必须和一瓣蒜，其味更浓。若同时再加一盆现炒东乡洋芋片，那更是美味之餐了。

进入川北的阿坝地区，吃的就是藏菜了。过去听说过酥油茶很腥膻，不能喝的。还有藏族的糌粑、青稞酒，都说不能吃的。其实并不这样。这次在郎木寺的藏菜馆里，我们点了酥油茶、糌粑、青稞酒，都尝了，结果非常意外。这几种非但没有腥膻味，而且非常可口。酥油茶的味道如加了盐的淡牛奶，糌粑是咖啡色的，味如微甜的巧克力。而青稞酒呢，有酒精度60度、40多度、10多度的，与我们家烧的白酒无异。我还看到店里的菜谱上有炮仗，以为此店兼营烟花爆竹的。一问却是一名菜，点来一看，原来是炒面条。问为何叫炮仗？店家也说不出道道来。我们还点了一个藏菜叫石烹羊肉的，很好吃，很奇特。看那做法：将羊肉切碎，加佐料塞进洗涮干净的羊肚子里，再塞进许多烧红了发烫的石头，然后把羊肚的切口扎好上桌。厨师用手在羊肚上按几下，整个羊肚胀大如球。里头热烘烘的，烫石头正在把羊肉碎烤熟。过几分钟将羊肚剖开，在满室弥漫的汤汽中，羊肉碎都熟了。食之，其味鲜美。羊肉碎吃完了，还有整个羊肚。再加15元加工费，炒羊肚又是一盆菜。石烹羊肉这个菜创意好味道好，我们去吃好几次。又介绍给队友，于是这个藏菜馆人满为患。

这次陕甘川三省之行，一路看风景，一路吃西北菜，得饱眼福口福。特别是各地很有特色的西北菜，让我大长见识，故记之备忘。

廿八都的灵性

　　由于出身农村的乡镇，一直以来我都对古镇有一种与生俱来的迷恋情结。

　　我喜欢在古镇中徜徉，在青石板铺就的街路中慢慢地走进古镇的前世今生。或者在古镇的某一处久久地伫立，在爬满青苔的断墙和长满枯草的残瓦处，寻找古镇的历史文化积淀。再就是坐在逼仄的老街边沿发呆，看那过往行人。从他们的举手投足中，想象曾经在这条街上来来往往走过的古人的行状。

　　总之，我要在古镇中捕捉她所蕴含着的灵性。比如我看出了江、浙的周庄、乌镇的灵性是河；看出了湘、黔的凤凰、镇远的灵性是人；看出了徽、赣的宏村、婺源的灵性是屋……可是在浙西，衢州江山市的廿八都古镇，它的灵性是什么呢？这是几天前我第一次来廿八都，站在镇前的珠坡廊桥上所冥思苦想的问题。

　　廿八都与江、浙的古镇不同，没有那么多的河流；廿八都也与湘、黔的古镇不同，没有那么多的名人；廿八都更与徽、赣的古镇不同，其房屋的建筑风格不那么单一，而是杂闽、赣、浙、徽甚至西方建筑风格于一体……怎么归纳提炼它的灵性呢？我想过人们给廿八都的定位：一个遗落在深山里的梦，一个奇特的文化飞地，一个风采迷人的古镇，一把浙西南的锁钥……可这些都只是模棱两可的定义，空洞的概念，只说出廿八都的皮毛。而灵性是一个地方的魂啊。廿八都的魂是什么？廿八都的灵性在哪里呢？

我得好好地找一找。

过珠坡桥有一城堡，上写"北堡门"。门上有城堞，门外有城墙。进门有兵营，有三品游击衙门。衙门里有各朝武官的姓名，有郑成功的雕像。于是我想：廿八都的灵性，难道就在这古城堡的兵戎杀气里？

是的，廿八都因武而起。

1100多年前，黄巢起义军"刊山七百走建州"，开辟出仙霞古道通福建连江西。于是，关隘拱立、大山重围中的廿八都，便

成了屯兵之所。在这里坐镇过的最著名的将领，便是明末清初的郑芝龙、郑成功父子了。铁打的营盘流水的兵，上千年来，千千万万来自全国各地的兵士先后成了这里的居民。于是留给现今的，是廿八都几千人口中，居然有142个姓氏，13种方言，古镇便成为"百姓之镇""方言之都"；是廿八都的民风倔强剽悍，崇尚武功；是廿八都的民俗包罗万象，人们能对山歌，能跳民舞，能跑旱船，能闹花灯，能剪花纸、牵木偶、踩高跷、滑石头等。而这些带有古战场遗风和异域色彩，难道不是廿八都与众不同的灵性？

过武官衙门就是廿八都的古街。古街有两条，北为浔里街，南为枫溪街。不管南街北街，街两边的房屋都是木门铺面，三间两层阁楼相互对峙，比肩连接。高低的山墙阔肩平挑，有"三朝元老"式，有"五笏朝天"式。而马头墙排排悬拱，有万马奔腾之势。而它们的建筑风格却不像水乡小镇那么淡雅清秀，却是突出崇尚阔大雄硬的美学风格。民居布局也不同于江南水乡的"四水归堂"，大多采用平面长方形的四合院群体组合。马头墙在这里却叫"五花山墙"。青砖清砌的墙体，因受闽、赣建筑风格的影响，只在檐下装饰一条宽边粉线。门楼也以工艺精细的木雕，替代江南水乡特有的砖雕。于是，古镇整个建筑不南不北又既南又北，形成了国内罕见的融徽式、浙式、赣式和闽北客家民居风格于一体的独特的风格。走在这种独特风格的古街上，就好像走在另一个世界里。这时，我突然悟到，这廿八都的灵性，难道不就在这独特风格的商铺民居的建筑里？

是的，廿八都因商贸而兴。

作为浙闽赣徽四省枢纽的廿八都，鼎盛时期，在这条仅几里长的小街上，光酒店饭铺就有 50 多家，南北货商店 40 多家。著名的有姜隆兴的钱庄，姜景怡的中药店，姜秉书的洋货店，杨宝成的商行，祝连兴的剃头店等等。镇上具有代表性的民居 36 幢，公共建筑 11 幢，皆是明清风格。规模最大的是姜遇鸿旧宅，店面连着三幢大院，共 3600 平方米。有天井 36 个，窗户 72 扇，房间 108 个。建这座大宅院时，38 位工匠费了整整的 10 年时间。而结构最洋派的却是秉书洋货店，那是西方巴洛克建筑，是廿八都海纳百川开放思想的见证。店里卖的洋货，也都是一般老百姓买不起的，有留声机、打字机、唱片、自行车等等。更奇怪的是，镇上还有一个戴笠当年办女特务训练班的场所。里面陈列着当年集训的资料和图片。这个展馆，为古镇增添了一种神秘奇特的色彩。我就想，这包罗万象的建筑风格，和兼容并蓄的商业精神，难道不是廿八都独具一格的灵性？

在廿八都古镇徜徉，我又发现，这里除了关帝庙，还有一大一小两个文庙。大的叫文昌宫，小的叫文昌阁。文昌宫里，有孟冬哭笋、卧冰求鱼等《三字经》《廿四孝》故事、壁画 600 多幅。门楼牛腿和木柱悬梁上，都写着"十年寒窗、一鸣惊人"，"四海清平、海晏山青"之类的成语和对子，使得整个文庙文气斐然。殿外两廊，有两组塾师教学生读书的群体雕塑，师生摇头晃脑地读经，其形象逼真可笑。按理说，文庙只应县城有。且一个县城，最多也只能有一座。而在这个深山中人口不足四千的区区小镇，居然有大小两个文庙，足见古镇百姓在尚武的同时更加重文。可见，文化是廿八都的梦。建文庙，是这个百姓之镇人们共同的精神安慰和理想寄托。于是我又想，崇文重读，这应该也是廿八都的另类的灵性！

当然还有一些……

这些，都是我在廿八都找到别地没有的灵性。

廿八都的灵性，决定它不是一位柔情如水、妩媚的江南水乡的弱女子。它是一位刚毅威武、胸容百川，心存梦想的奇男子，一位卓世独立于滚滚红尘之外的伟丈夫！

这是浙西古镇廿八都给我的启迪。

小小大大清漾村

　　小小清漾村，1000 多口人，300 多户，都姓毛；小小清漾村，屋不多，地盘小，进村出村，若只看风景，花不了 20 分钟；小小清漾村，千百年来，它就像浙南大地上其他传统的茸尔小村一样，素然而立于江郎山下，不为世人所知。

　　然而，小小的清漾村，却大有名气。村里虽说只有 1000 多人，但从这里迁徙出去的毛氏后人很多。光是衢州的江山市各乡镇，就有 13 祠 5 万多人。其他迁去云南、江西、湖南、安徽、福建，及本省奉化、余姚、遂昌、龙泉、丽水等地的，不计其数。再是名气大，随便说出家族里的一个人，就会吓人一大跳。建村 1000 多年中，就出了 8 个尚书，83 位进士。还有更大的，中华人民共和国开国领袖毛泽东，国民党总统蒋介石的夫人毛福梅，中华民国第一任总理熊希龄的夫人毛彦文，都是清漾村毛氏的后裔。就因这，小小的清漾村就以"江南毛氏发祥处，毛泽东祖居地"的金名片叫响全国，成为大大有名气的旅游文化村。

　　可是大大有名气的清漾村毕竟还是个小小的清漾村。虽说村口新建了一个四柱三门的大牌坊，上额气派地刻着"江南毛氏祖居地清漾"几个字，但走进牌坊，人们还是一下子将小村看穿，整个小村的轮廓就一目了然了。村里也有明清风味的民居，白壁黛瓦、马头墙、木花窗的，但数量不多。令人奇怪的是，这村尽出进士尚书的，却没有雕龙描凤的豪宅华府，也不见檐角交错的楼台亭阁，整个村庄不显半点的浮夸和张扬。当然，也会偶尔在烟熏火燎的板壁上发现某年某月某人得中秀才的宝帖，或在破旧的房屋中寻找到毛氏祖先尚未带走的一桌一椅、一砖一瓦或一字一碑，但小村对此并不奇货可居，而是淡淡然。因这些东西多了，有好像无。而小小的清漾村还只是小小的清漾村，小小的清漾村只有耕读传家的质朴和悠闲。

值得小小的清漾村人炫耀的地方当然有，大的只有两处：毛氏祖祠和祖宅。

毛氏祖祠是小村清漾旅游开发标志性的建筑，是 2010 年在

原址上重建的。门楼为重檐歇山式屋顶，斗拱挑檐，但不很大，没有婺源或绩溪的那个大气派。且中门紧闭，只开两侧门。从侧门入内，前厅是戏台，戏台对面是中堂，堂上挂"西河望族"和"合敬堂"匾额。后堂是"追远堂"，供奉祖先画像。出侧门有别院，挂着"清漾毛氏名人毛泽东陈列室"牌子，迎门就见毛泽东的坐像，威武庄严，天地顿时开阔了。你原本逼仄的心胸，这时立马得以舒展，可长长地出一口大气了。堂里还有门屏，展示清漾毛氏全国迁徙分布图。一看那图，你可深深地吸一口大气了，因为你更为小村骄傲：小小的清漾村的毛氏族人真是遍布大半个中国了。其中一条线路到浙江奉化，一条线路到江西再转湖南韶山。

毛氏祖宅离祖祠不远，在村口古道边上。虽也是近年重建的，但貌不惊人。三进三堂两天井，也是粉墙黛瓦马头墙格局，但在这一带都见惯不怪。然而小村人说了，祖宅的可看之处不在建筑，在文字啊。你看大门上的匾额"清漾祖宅"四字，是胡适题写的；门柱上的"天辟画图星斗文章并灿，地呈灵秀山川人物同奇，"是苏东坡撰联的；正门两旁的圆拱门"礼门""义路"，那是说我们"谦谦君子居"的；堂内柱上有许多对联，如"室有诗书庭有礼，处宜孝友仕宜忠；""亲其亲，长其长，彝伦攸序；读者读，耕者耕，古道长存"等，是我们毛氏诗书名世、清白传家的家族传统哪。再看我们的毛氏名人榜吧，有很多名人大家啊。著名的有宋开禧元年的状元、也是我们江山历史上第一位状元的毛自知。他因主张抗金而获"首倡用兵"罪被革职，后人在村前山上建清漾塔来纪念他；还有宋朝著名词人毛滂，他因"文辞雅健，有超世之韵"，受苏东坡赏识。近现代有我国中国科学院院士毛江森；还有科学院外籍院士毛河光等，个个都是响当当的人物！还有清漾人的著作，被收入《永乐大典》的有 5 部 17 卷，被选入《四库全书》的有 6 部 27 卷。你看看，小小的清漾村，不是大有名气啊？

文化加上传承，小小的清漾村还不大大地出名人哪？出了名人，那小小的清漾村，还不大大地有名气吗？

湄洲岛

我们从莆田出发，坐车到文甲码头，就看见浮在大海上的湄洲岛了。

看到湄洲岛，其实就是看到妈祖庙。渡轮过江不到半小时，远远地就看到倚山而建的妈祖庙侧面，和庙下面渡口大楼上那三个大大的红字：湄洲岛。让人仿佛觉得，湄洲岛就是妈祖庙。上岛，就有三班公交车和许多敞篷的电瓶车都拉客开往妈祖庙。不坐车的也绕不了妈祖庙，离码头没几步就有一木牌，牌上写着：妈祖庙由此上山。我们按指示图上山，没爬几步岭，再绕着山腰走十来分钟就到妈祖庙了。

庙是老庙，叫妈祖祖庙。创建于宋雍熙四年（987），即妈祖升天那年。妈祖生于宋建隆元年（960），因出生至满月不会啼哭，取名林默，后来又叫林默娘。《台湾县志》载：妈祖，莆田人，宋巡检林愿女也。居于湄洲相对，幼时谈

休咎,多中。长能坐席乱流以济人,群称神女。厥后,常衣朱衣,飞翔海上。里人因就湄建祠祀之,雨旸祷应。宣和癸卯,路允迪使高丽,遇风,神降于樯,得无恙。还,奏赐"顺济"。绍兴己卯、开福丙寅、景定辛酉,历加封号。元赐额"灵济";明永乐封为"护国、庇民、妙灵、昭应、弘仁、普济天妃"。国朝(即清朝)改封为天后,各澳港台俱有庙祀。

妈祖的祖庙不大,但建于宋高宗二十六年,已有一千多历史了。庙前乾隆御赐的"德乎广济"匾额,说明这里是正宗的祖庙。而建在中国和世界各地的4000多座妈祖庙,都是从这祖庙里"分灵"出去的。最多的福建和台湾。福建省处处有妈祖庙,台湾一

地也有妈祖庙 500 多座。每逢农历三月廿三妈祖诞辰和九月初九妈祖升天日，从四面八方络绎不绝赶来的信众，在这里寻根谒祖，割火过炉，祈祷平安。妈祖庙每年来进香的人次达 1000 多万，其中来自海外及港澳台的信众就超过 100 万人。湄洲岛的春秋祭祀妈祖，是与山东的祭祀孔子，陕甘的祭祀黄帝并列为中国三大传统祭祀。湄洲岛，也被人称为"东方的麦加。"

从妈祖祖庙过升天楼登 99 级台阶到山顶，有妈祖石像。石像高 14.35 米，由 365 块花岗岩石砌成。这数字的内涵是：99 级台阶，象征妈祖 9 月初 9 升天日；石像高 14.35 米，由 365 块花岗岩石砌成，象征着她要保佑湄洲岛 14.35 平方公里的湄洲岛居民一年 365 天天天平安幸福。就有人用诗一样的语言赞美说："湄洲岛的知名度，不如一尊石像的知名度；石像的高大，不如一个女人的高大。她站得最高，不是为了抢谁的风头。而是为了看到更宽阔的大海，更遥远的尘世！"

妈祖祖庙旁边，是一个庞大的新的寺庙建筑群。从山脚建到山顶，隔几层就有一个大殿，正殿、顺济殿和灵慈殿。三个殿里分别供着金身妈祖、玉身妈祖和彩塑妈祖。妈祖像旁还有千里眼、顺风耳等诸多神像。这是近年投资 1 亿多元人民币所建的新殿，整个庙宇富丽堂皇，且又庄严肃穆。

从山下妈祖庙的牌坊到山顶妈祖雕像，庙宇建筑群的轴线长 323 米，暗喻着妈祖的 3 月 23 诞生日。整个庙宇从上到下分五进，建筑色彩依稀可见北宋的痕迹。又依山就势，覆盖了整整半座山，古朴庄重，气势非凡，人称海上的布达拉宫！

在回文甲码头的渡轮上再回眸时，我就发现整个湄洲岛果真就是一个庙。当然，庙前还有黄金沙滩，还有鹅尾神石园，还有街道公园，还有碧波荡漾的大海。但游人是少有去这些地方玩的，他们大多只去妈祖庙。因为，沙滩和神石只是庙的镶边，街道公园只是庙的铺垫，大海也只是庙的衬托和底盘。而妈祖庙宏伟的建筑群，遮蔽了大半个岛和整个山；妈祖庙的红墙金瓦，让湄洲岛在阳光下金碧辉煌；妈祖庙的悠久文化，让湄洲岛成为举世无双的海上明珠！

是的，湄洲岛以妈祖庙兴，湄洲岛以妈祖庙名，湄洲岛以妈祖庙而永远！

南澳岛

　　南澳岛在广东的东边，像我们的洞头一样是多岛地区，但比洞头小。洞头是百岛县，南澳却只有个 37 个岛组成。人口也少，只有 7 万多。与洞头不一样的是，南澳岛的地理位置好。离台湾、香港、厦门都只有 100 海里上下，离汕头只有 11.8 海里。故是很好的商埠，明朝就有"海上互市"之称。南澳岛又处在北回归线上，风景优美，亦称"北回归线上的一片绿洲"。

　　南澳岛还有吸引我的，是它的历史遗存。《南澳志》载：南宋景炎元年（1276）宋末的少帝赵昰、赵昺，在元兵追赶下曾驻跸澳前村。并在岛上挖"龙井""虎井""马井"三口，还留下"太子楼"等遗迹。岛上还有南宋末最后一个丞相陆秀夫的墓，和明清以来设立的总兵府衙门。还有寺庙 30 多处。可谓集海、山、史、庙于一体，融蓝天、碧海、金沙、白浪与绿岛之优势于一处的旅游佳地。因了这些，我们于 3 月 5 日来到南澳岛作一日之游。

　　车到海边，我们就被南澳跨海大桥的气势给震住了。

　　跨海大桥如一道长虹横跨海面，雄伟壮观。它长 11、08 公里，桥梁净宽 11 米，设计车速为每小时 80 公里。我们坐车过桥，仅需 20 分钟。建筑澳大桥费时 5 年，耗资巨大，是广东省最长的跨海大桥。

过跨海大桥，我们便行走在环岛公路上了。

一路上但见路边绿草葱郁，树荫蔽日，放眼看去，满目苍翠，真真一个绿岛。让人想起台湾的《绿岛小夜曲》："绿岛就像一只船，在月夜里摇啊摇……"

宋井在云澳海滨，如今仅存"马井"，传说中的"龙井""虎井"都没了。"马井"离海水仅咫尺之遥，但井水却很清冽，据说喝之甘甜。它时隐时现。尽管隐时井被泥沙湮没了，但一旦恢复，井水仍然甘甜清冽，人称"神奇宋井"。宋井附近有"太子楼"，据说是南宋末少帝赵昺他们驻岛时住的。在宋城的宋室，有少帝赵昺、赵昰和杨太后的雕像。太后和少帝两边，还站着丞相陆秀夫和大将军张世杰。此二人后来都殉国而死。张世杰是翻船而死，陆秀夫却是举剑逼妻儿跳海后，自己把少帝赵昺绷在身上跳海死的。据说，后来他的家僮找到陆秀夫的浮尸，把他葬在青澳海湾畔。如今青澳湾有陆秀夫的坟墓，有牌坊有墓道。墓碑

上写着："宋忠臣左丞相秀夫陆公之墓。"这墓建于元初，明、清和民国都有重建。也有说这只是陆秀夫的衣冠冢的。到底是真是伪？清乾隆二十六年，潮州知府周硕勋在《潮州陆丞相墓辨》中有考的。但此文已失，他是如何考的？现无案可稽了。

南澳总兵府遗址在深澳镇大衙口，最早建于明万历四年（1576）。当年朝廷怕总兵拥兵自重，特意将南澳岛一分为二，由广东和福建两省共管，达到互相钳制的作用。现在总兵府前有大炮两门，一门重 8000 斤，一门重 6000 斤。府衙墙上还嵌着 23 块石碑，这些都是历代遗留下来的文物。从明万历年间设立南澳总兵府至清朝灭亡，两朝共任命了南澳正副总兵 157 任 147 人。其中著名的，有戚继光、俞大猷、郑成功、刘永福等。总兵府外有一棵"郑成功招兵树"，树旁有碑文说："1646 年，郑成功背父抗清，而兵将战舰百无一备。遂与所善陈辉、张进乘二舰从福建来南澳，在此总兵府前榕树下升旗张榜，招兵举义，得数千人。"如今此树的树干得数人合围、已有 400 多年树龄了。行走于总兵府前，真有"人事有代谢，往来成古今"之慨。

我们游南澳岛一天的终点，止于青澳湾。

青澳湾的弧长 3 公里，沙滩开阔，沙细白，水清碧，无淤泥，无污染，无骇浪，人称"东方的夏威夷"。沙滩上还有巨石嶙峋，海潮拍打其间，白浪冲天，让人感觉到海南三亚天涯海角的味道，故游客如云。

青澳湾沙滩尽头的岸上有一北回归线广场，占地 33 亩，布满各种人物的石雕。其主体建筑北回归线纪念塔，称"自然之门"。为"门"字造型：两个高柱顶上夹一铜球。据说每年夏至正午，太阳直射北回归线时，日影穿过"门"上方圆球中的圆管，投射到地面，出现"立竿不见影"的天文景象，实为一大奇观。

离开青澳湾已是傍晚时分，夕阳余晖四射，映照得沙滩金光闪闪。大海和绿岛，也都抹一层绚丽而神秘的色彩。回想南澳岛一天的游程，耳畔不由得响起宋代诗人杨万里写的诗歌：

动地惊风起海陬，为人吹散两眉愁。

身行岛北新春后，眼到天南最尽头。

众水更从何处著，千山至此尽回休。

客中供给能省底，万里烟波一白鸥。

晚到大陈岛

我惋惜晚到大陈岛许多年。

我是今年 5 月 10 日来到大陈岛的。我的晚到，离温台两地来的青年垦荒队上大陈岛的 1956 年，已 61 年；离特大台风袭击大陈岛的 1997 年，已 20 年。大陈岛，我来晚了！

时空飞转，沧海桑田，大陈岛，你让晚到的我看些什么？

到下大陈岛的码头，我叫了一辆出租车，直奔浪通门。

出租车的司机是湖南岳阳下嫁到大陈岛的大嫂，她对岛上的事物了如指掌。她一边开车，一边做导游。她说：浪通门在下大陈岛的东北角，以水流湍急，海浪汹涌而著名。1997 年 8 月 19 日，强台风袭击大陈岛。狂风怒吼，巨浪滔天。将巨石和钢筋水泥结构的浪通门大坝，向西北平移了 11 米。巨浪撞击礁石激起的浪花，高达 36 米。后经世界水文研究会认定，为世界巨浪之最。这是大陈岛旅游的第一奇观。

车到浪通门海边，果然看到耸立着 30 多米高的巨浪石雕，那是用汉玉白石雕刻成的浪花形象，上面镌刻着郭仲选的题字：世界巨浪之最。雕像边上是个海湾，那海堤还在。海堤前面是一片杂乱的砾石滩，这是那年台风留下的痕迹。

甲午岩在大陈岛的东侧近岸处，由两块各高 35 米，宽 18 米的礁石组成。礁石呈鹅黄色，在阳光下如镀了一层金。它宽宽的，扁扁的，像旗帜，像帆影，更像船上插桅杆的基座夹杵，故称夹杵岩。后为方便，就叫甲午岩。司机大嫂说：甲午岩是大陈岛标志性的景点，凡介绍大陈岛旅游的小册子，无不登有甲午岩的照片，故游客趋之如鹜。我走到海滩，看那甲午岩，就感觉到它危岩耸立的惊险。它离岛不过几米，但此间海水深不可测。两岩之间的夹沟也很凶险。风吹海浪，惊涛拍岸，白沫溅天。让人看了心寒。

甲午岩边上有思归亭，说是1945年，蒋介石与宋美龄来大陈岛劳军时站过的地方。后建木结构的中正亭。1988年，中正亭倒毁，大陈镇人民政府重建了石头结构的美龄亭，后改为思归亭。站在思归亭中观海，但见云水苍苍，思乡之情油然而生。

离开思归亭，大嫂开车载我们到黄夫礁山岗，看当年大陈岛志愿垦荒队的遗迹。

大陈岛垦荒队的故事，是尽人皆知的。1956年，国民党军队撤离大陈岛的第二年，时任团中央书记的胡耀邦同志来到杭州。他提议温州市的青年组成志愿垦荒队，开发建设大陈岛。数天内，温州青年报名者超过2000人。1956年1月31日，首批277名温州青年垦荒队上岛。其后又有四批200多

名温州、台州的青年上岛。那时的大陈岛满目疮痍。国民党军队离岛时，带走了岛上几乎全部的14000名居民。水库、商店、医院、学校，全被摧毁。一切军用设施民用建筑，都被炸毁。垦荒队员只有一张床板，一领草席，一把锄头，一副粪桶，一个寝室只有一盏煤油灯，每人每月14.5元生活费。可他们硬是在岛上种草植树，筑坝蓄水，砌屋建房，终于让绿色和喜气重回大陈岛。由此，大陈岛青年垦荒队的事迹名闻天下。时任团中央书记的胡耀邦多次批示并与他们通信。1985年12月29日，已担任党中央总书记的胡耀邦，还特地来到大陈岛看望老垦荒队员。

纪念志愿垦荒队的遗迹有群雕像和垦荒纪念碑，都在黄夫礁山岗。纪念碑是2000年2月落成的，正面是张爱萍将军题写的碑名，反面是胡耀邦同志的题词：艰苦创业，奋发图强。

黄夫礁山岗还有许多国民党军队修建的防务工事。当年国民党在大陈岛有1.4万驻军，修建了大量的碉堡、坑道。现在这些军事设施大部犹存，是那段历史的见证。

从黄夫礁山岗下来，大嫂开车将我们带到大陈镇上。镇不大，只有绕海湾的一条大街。大嫂说，别看大陈岛小，现在却是著名旅游区了。又是国家一级渔港，省级森林公园和省海钓基地，人称东海明珠。我问大嫂，如今生活怎样？大嫂说，很好啊，她家里开民宿，她的车子主要是接住宿的客人，陪我们旅游只是附带。她现在富裕了，椒江有房子，娘家岳阳也有房子呢！

面对大海，面对青山，大陈岛，我为你的历史变迁而感慨。我不为晚到大陈岛而惋惜了。晚到有何不好呢？晚到可以让我看到大陈岛更久的历史，更大的变化，更持久不恒的精神，和更新更美的风景啊！

返回椒江时，我在轮船甲板上回望越来越小的大陈岛。忽然觉得，大陈岛，就是一座世界巨浪之最的雕像；大陈岛，就是一座甲午岩的盆景；大陈岛，就是一座垦荒纪念碑……船越开越远时，大陈岛就什么都不是，只是一滴蓝点了。蓝点越来越小、越来越淡，终于湮泗在万顷碧波的大海中……

天坑地缝

　　最早知道天坑地缝的，是看电影《满城尽带黄金甲》。后来是电影《变形金刚3》和《三生三世十里桃花》，那里头的镜头惊险是惊险，奇观是奇观，总以为这是电影的艺术，信不得真的。直到今年九月去武隆，把天坑地缝和天生三桥都玩了，才信服了这惊险这奇观是真的。

　　天坑地缝在重庆市武隆城区东南20公里处。进景区先坐户外电梯至半山腰，再走山路约半小时，才到达天坑底部。这底部，其实就是羊水河峡谷。从峡谷回望，就见天生三桥的第一桥，天龙桥。天龙桥是绝壁上长出的一块巨岩，连到对面山上，如石桥凌空飞架。桥高200米，桥长300米，如一条天龙横跨峡谷之上，雄伟嵯峨，有顶天立地之势。细看桥下，有洞幽秘，且洞中有洞，洞如迷宫，壮观且神奇。天龙桥下就是天龙天坑。坑如漏斗，坑底平坦生满蕨草，有两个足球场大小。坑口似雪花凹凸，时有云雾缭绕，其奇妙为世所罕见。坑底有小溪流过，溪中有虾有鱼有蟹，这些小动物时而撩起微波，漱然作响，与四面青山动静相生，刚柔相济，另有一番异趣。

　　沿峡谷前行数百步，头顶上又是一天然石桥。这就是天生第二桥，青龙桥。它是垂直高差最大的桥。桥高350米，宽150米，跨度400米。在阳光辐射下，青龙桥霞光万道。光影忽明忽暗中，石桥又似一条青龙，直上长天。与天龙桥的气魄雄伟比，青龙桥多了一份秀美之气。一条淡淡的小溪，顺着小沟从青龙桥下流过，让这桥真像一座桥，名副其实。穿过青龙桥底部，回望就是第二个天坑，神鹰坑。神鹰坑不是很大，但很险。因那青龙桥边上的岩壁，有如一只庞然的雄鹰展翅飞翔，故名。神鹰坑坑底树深林茂，坑口平滑如蛋，直径却有300米。口部面积5万多平方米，最深为285米，人行其中，如井蛙观天。

出青龙桥口，便是拍《满城尽带黄金甲》《三生三世十里桃花》和《变形金刚3》的地方。有平房数间，谓古驿站。门外有幡旗飘舞，旗上有字："天福官驿，是《满城尽带黄金甲》中神兵天降处。官驿外竖立着巨型变形金刚一个，说明《变形金刚3》在此拍摄。《三生三世十里桃花》的鬼族宫殿大概也拍于此地吧，可惜没有标明。

再走几百步，就是天生三桥的第三桥，黑龙桥了。黑龙桥正如其名，桥孔深且暗，桥洞的顶部岩石突出，如一条黑龙藏匿其中。桥洞中有三处泉水，飞流直下。一泉如线，一泉如珠，一泉如雾，故称一线泉、珍珠泉、雾泉。此亦黑龙桥之天下一绝也。

天生三桥呈纵向排列，平行横跨于羊水河峡谷之上，揽两个天坑于内，将两岸山体连在一起，形成了"三桥夹二坑"的奇特景象。在距离几百米之内，有如此宏大的三个天然石桥和两个巨型的由塌陷形成的天坑，且桥与洞相连，桥与坑隔望，大自然的完美的组合，构成了世界上独一无二的地质奇观，更是世所罕见。因此，天生三桥当之无愧被称为"世界天生桥群之最"。

看完了二坑三桥，就去看地缝。

如果说三桥夹二坑是大气，那么地缝就可称为秀气了。地缝其实是个小峡谷，只是这个小峡谷很小很狭窄。最狭窄的地方，只有一线天，胖子都唯恐不能穿过。峡谷也很长很深很高，最高的地方悬崖百丈、峭壁千仞。在地缝里穿行，阳光变得奢侈。有的地方光影如烛如线，有的地方却黑暗如漆如夜。道路也崎岖。人时在谷底走，道路平坦如坻；时在悬崖栈道走，人行如蚁。栈道沿溪而筑。有溪流湍急，有时溪流潺湲。有时看不见溪水，只听得水声潺潺，不绝于耳。直至水声小了，溪流大了，视野开阔了，地缝也就到头了。出外一看，前面横着一幕洁白的瀑布。瀑布高十多米，宽数米。水大又急，垂落岩石，飞珠溅玉，如珠帘如白帛，更如一纸巨大的惊叹号，为武隆天坑地缝之行画上完美的结尾。

想天坑和地缝结伴之游，若让人先后读两本书。一是宏大叙述的大阅读，一是切切私语的小聆听。让人在大阅读和小聆听之间，完成了大气到秀气之间的情感大落差后，融汇于激昂豪迈到细腻精微的情感大满足。

好一个天坑地缝，惊险、奇观！美乎哉壮乎哉兮！

余村写意

余村写意是一句话："绿水青山就是金山银山。"

这是总书记——时任浙江省委书记的习近平同志，2005 年 8 月 15 日在余村讲的话。

这话让濒临山穷水尽的余村改变了命运；这话让勤劳俭朴的余村人有了取之不尽用之不竭的财富源泉；这话让这个名不见经传的浙北小村——余村，一夜之间名闻天下！

这话如今写入了党的十九大报告，成了"两山"理论的核心内容。这话让余山成了"两山"理论的发源地，永载史册。

余山写意是一个白瓷茶杯，它陈设在余山村委会的会议室的会议桌上，桌前还有一张平常的座椅。

这是 12 年前，总书记——时任浙江省委书记的习近平同志喝过的茶杯，这也是习近平同志坐过的座椅。

12 年前的 2005 年 8 月 15 日，习近平同志坐在这平常普通人都坐过的座椅上，捧着这平常普通人都喝过的白瓷茶杯，喝着平常普通人都喝过的安吉白茶。大概这杯中的茶有点苦、水有点涩，习近平同志微皱着眉头，但脸上仍带着人们常见的和蔼淳朴的笑容，聆听着村委会干部的汇报。

那时的余村还开着矿，采着石灰石，办着水泥厂。村里的溪水浑浊，山地荒凉，烟尘满天。天是灰蒙蒙的，看不清太阳，屋里一抹一手灰。村里一条泥巴路，下雨天村民两脚泥……村干部诉说着彷徨：可是……若关停了厂矿，本来全村年收入仅三十万元的集体经济，可能就要减少二十多万元，甚至减少到分文无收。

习近平同志说：许多时候都要有所为有所不为，当鱼和熊掌不能兼得的时候，就要有所舍弃。其实，你们余村若建成了旅游景区，那长三角一带有多少游客要来啊！这叫作凤凰涅槃，浴火重生，脱胎换骨。绿水青山，就是金山银山。

于是，余村人关停厂矿，治理环境，毅然壮士断腕，全力绘出青山绿水踏歌图……

余村写意是一串数字，它见证了余村的转型升级：

2005年起至今，村里停掉石矿、水泥厂，停掉48家工业企业；引种18万亩茶园，年产量1800余吨茶叶，产值22、6亿元；投资1000多万元，建文化礼堂、文化舞台、灯光球场、农家书屋、数字电影院……现在余村是3A级旅游风景区，年游客超过30万人；2004年全村人均年收入为7576元，2016年为3595元；2004年全村集体经济收入为55万元，2016年为2.52亿元……

余村写意是块大石碑，它屹立在村口"两山"理论会址公园内。

这碑石高8.15米，重88吨。高8.15米，意喻习总书记"两山"讲话的日期；重88吨，意喻习总书记任浙江省委书记时所制订的浙江发展总纲的"八八战略"。石碑正面用著名书法大师、安吉人吴昌硕的字连缀而成的习近平在余村的讲话："绿水青山就是金山银山。"石碑周围有青山环抱，绿水环绕。有"院士林"

的树木掩映，有"银杏亭"前的银杏红叶对照。有十里绿道。道一侧是错落有序的民居，另一侧是处处皆风景的山水树木。大石碑像一位老人站立着，见证、诠释着习近平同志的"两山"理论和在余村的实践……

余村写意是一幅画，画不完的蓝天白云，画不完的绿水青山。

余村写意是一首歌，唱不尽的美好今天，唱不尽的美好未来。

歌曰：

千年银杏，万顷珠海。

绿水青山，金山银山。

环境优美，民风淳朴。

相映荷花，幸福家园。

淮南访古

颍州西湖

　　因要到弟弟任职的安徽省淮南市去，便寻找淮南附近有什么名胜古迹。一找二找，找到阜阳有个古颍州西湖。是全国著名的四大西湖之一，是全国 36 个西湖中最早就有的，形成于公元前 1040 年的周朝胡子国，比杭州西湖早 1100 年。又是所有西湖中最大的。其"长十里，广三里，水深莫测，广袤相齐。"面积是杭州西湖的三倍。颍州西湖形成于秦汉，兴盛于唐宋。北宋著名文学家晏殊、欧阳修、吕公著、苏东坡都先后任过颍州太守，修理过西湖。他们以及唐宋著名文学家许浑、苏辙、宋颂、宋祈、黄庭坚、陈师道、杨万里及近代诗人写颍州西湖的诗有 259 首。而且风景也不比扬州瘦西湖差，欧阳修说："都将二十四桥月，换得西湖十顷秋。"更与杭州西湖相比美。苏东坡说："大千起灭一尘里，未觉杭颍谁雌雄？"而杨万里更把颍州西湖与杭州西湖、惠州西湖相提并论，说："三处西湖一色秋，钱塘颍水与罗浮。"

　　没想到淮北之地，竟有如此名胜的西湖！十月中旬，我到淮

172

南的第二天，就特意驱车去阜阳一睹颖州西湖的真容。

淮南到阜阳有 170 公里地，车子开了两个半小时才到。进了一个古色古香、写着"颖州西湖"四字的牌坊，沿着一条两边长满草木的车路就到西湖公园大门了。却见大门紧闭，门前竖有告示牌，曰：本公园修理，停止参观。我急了，连忙问门侧小屋里的管理人员：何时可以入内参观？回说三年以后。我如同被浇了冷水，正心灰意懒时，却见门旁有条小径，直通干涸了的湖床。原来这一片湖水都抽干了挖泥，把湖挖深了再灌水，这是修理西湖的内容之一吧。却正好让我可以沿着湖床进去，于是偷偷潜入园内。

进园便见一片空坦，坦上摆着几十个花盆，盆里都是干枯了的荷花。荷花盆前有一尊洁白的汉白玉石的文人雕像，雕像后面是一幢楼房，有匾额写着：兰园。原来，是唐武宗李炎在此地当颖王时所建的。唐人许浑有诗曰："兰堂客散蝉犹噪，桂楫人稀鸟自来。"说的就是这里。附近有人在施工，我便问他：这尊汉

白石雕的人像是谁？回说是苏东坡。我"哦"了一声，心想：在西湖立苏东坡的像是对的。有道是"东坡到处有西湖"，杭州、惠州的西湖，都因苏东坡而出名。苏东坡在颖州只当了八个月的太守，却做了不少好事。一是深挖西湖，修了三道水闸，沟通了西湖与淮河的航道。二是开仓放粮。其时颖州灾荒，苏东坡不等皇帝下旨就开仓赈灾，担着欺君的危险救了颖州灾民，老百姓自然记他的好。

出兰园，就见一条长长的堤坝把湖水分为两半。现在一边有水，一边已干涸（放水挖泥）。若两边都有水，那个湖面就不小于杭州西湖了。看那干枯的一边，枯草丛丛，树木森森，有亭台楼阁掩映其间。蓄水一边，更是水面平远，水清见底。湖中有岛，岛上有山，山上有寺。岸上树木翁郁，湖边画舫并列。汀洲楼阁，上下成趣。眼下虽已冷落，但可想见当年的繁华。

长堤正中有一七孔拱桥，名宜远桥，是欧阳修为颖州太守时所修的三座桥之一。另二座飞盖桥和望佳桥不知在哪里。桥边有一石碑，写着欧阳修的诗。只是字迹模糊，看不清什么字句。过宜远桥，便是怡园，也是唐武宗李炎建的。园外有石雕，是少女梳妆雕像。说是当年楚王儿子娶妻，怕路上强盗劫亲，便将丫环梳妆成新娘以防万一。雕像说的就是这个故事。园外有影壁，正面浮雕是欧阳修的故事，反面浮雕是苏东坡故事。园中还有苏堤、观湖亭、虎啸山庄等。

出颖州西湖公园向北过马路，便是苏东坡公园。公园内有东坡梅园、苏东坡雕像，还有女郎台。女郎台原本高5米，方圆400平方米，现在削平了。据说是胡子国国王女儿练武的地方。宋人苏颂有诗，曰："荒台孤映拂晴霓，曾是诸侯筑馆基。一郡人夸最高处，年年长作会春期。"过女郎台数百步，有九曲桥。过九曲桥，就直抵著名的清涟阁了。

清涟阁为六层宝塔形的建筑。正门有匾，题：颍州壮观。背面有匾，题：诗情画意。进门，中堂有画，说的是晏殊建清涟阁的故事。晏殊任颍州太守时，最早浚理扩建西湖，建清涟阁（寓清廉之意）、清颖亭，并手植柳树两棵。晏殊于颍州西湖，自有开创奠基之功。后欧阳修当颍州太守，改清涟阁为去思堂。并在晏殊手植柳旁建双柳亭，存思念晏殊之意。及至苏东坡继知颍州，更对西湖大加修葺，西湖之名遂著于天下。

苏东坡公园内也有一大片湖，此为北湖，刚才去的是南湖。可惜北湖的水全部放干了挖泥，若蓄满水与南湖连成一片，那就浩瀚如太湖了。其实现在的西湖是解放后新挖的，只有五平方公里大。原来三十平方公里的西湖，因黄河泛滥淤积掉了。现在闭园大修，三年后的西湖，其规模一定更为可观。

出东坡公园，我对整个颍州西湖没有欧阳修的雕像而心中不平。欧阳修一生8次到颍州；他为颍州和西湖写了92首诗；其《采桑子》十三首中，连用了十个好字；他任颍州太守8年，为颍州为西湖做了大量的好事；退休后在颍州安家，居六一堂。后来死于颍州葬于颍州（后因朝廷的规矩，迁葬于新郑），仍留会老堂、宜远等三桥，为西湖增加了许多人文景观。试问：在历代众多文人中，有谁能像欧阳修那样对颍州对西湖如此情深意切贡献最大呢？

感谢欧阳修，让我看到他诗中的颍州西湖！但愿三年后再来时，能看到欧阳修和苏东坡一道，站在西湖边上笑吟吟地迎送着游客宾朋。

垓 下

　　我去的垓下，在安徽省固镇县的垓下村，而不是灵璧县的韦集镇。此二地有垓下遗址之争，我不管他。因固镇离淮南市近些，就去固镇。

　　淮南到固镇一百多公里，小车一个多小时就到了。

　　从固镇县城出去，车子就在乡下水稻田里弯弯曲曲前进了。逐渐出现一些村庄了，就见村庄的屋墙上写着标语："汉兴之处，胜利之地。"就知道垓下到了。

　　垓下其实是垓下村，有一条直统统的大路，叫霸王街。街两边都是飞檐挑角的仿古的房子。大街的尽处是一个标志性的雕塑：两把巨大的青铜剑交叉成三角形，三角形底下是楚霸王项羽抱着虞姬尸体仰天长啸的雕像。我在雕像前伫立，向这位在垓下战败的英雄致敬。雕像四周塑着四个编钟，编钟底座一边刻着"楚歌"两字，一边是楚歌的歌词。两把交叉的青铜剑底座是两个石碑。一个石碑上刻着项羽在别姬时唱的《垓下歌》，另一个碑上刻着《垓下简介》。简介曰：

　　　　垓下，今名濠城，位于固镇县城东二十四公里之沱河南岸。公元前二〇二年，楚汉战争后期，项羽率十万大军退至垓下，刘邦率汉军重重包围，展开垓下决战。汉军夜唱楚歌，羽闻之，疑汉已得楚，慷慨悲歌："力拔山兮气盖世，时不利兮骓不逝。骓不逝兮可奈何？虞

兮虞兮奈若何！"爱妃虞姬弹剑哀和："汉兵已略地，
四方楚歌声。大王意气尽，贱妾何聊生？"遂伏剑自刎，
留下"霸王别姬"的千古绝唱。项羽见大势已去，夜率
八百子弟兵突围至乌江，自觉"无颜去见江东父老"，
遂自刎，年仅三十一岁。垓下在汉以后，因境内有洨水
（今沱河），设洨国，为洨侯吕产封地……

垓下之战，为这里留下了闻名中外的垓下战场遗
址。垓下遗址一九八六年经安徽省人民政府批准为省级
重点文物保护单位。

站在雕像坛上观望，但见坛下有两组铜像。小小的，与人身
等高。一组是汉王指挥大臣们弹琴歌唱，大概是在唱《楚歌》吧。
另一组是一位将军带几个士兵窥望。远处是一片平坦的田野，当
年项羽的十万大军和韩信的三十万主力军就在这里打仗的？我侧
耳倾听，耳边好像响起当年那场楚汉两军垓下大战的厮杀声！

据《史记·高祖本纪》载：高祖与诸侯兵共击楚军，与项羽
决战于垓下。淮阴侯将三十万自当之，孔将军居左，费将字居
右，皇帝在后，绛侯、柴将军在皇帝后。项羽之率可十万，淮阴
侯先合，不利，却。孔将军费将军纵，楚兵不利，淮阴侯复乘
之，大败垓下。项羽卒闻汉军之楚歌，以为汉尽得楚地，项羽乃
败而走。

这里可看出，垓下之战汉军的指挥是后来的淮阴侯韩信。什
么四面楚歌，十面埋伏都是韩信设计的。究其实，楚军的战败有
以下几个原因：一是汉军先攻下长江以北楚军的领地，连楚军的
首都彭城都陷落了，楚军没有后援，只是孤军作战了。二是楚军

人疲粮绝，没有了补给。三是汉军共六十万，楚军只有十万人。且汉军士气旺盛，楚军饥寒交迫，无战斗力。四是汉军合围步步为营，加上汉军用心理战，四面楚歌，令楚军人心涣散。等等原因，垓下之战汉胜楚败的结果，一开始就已成定局了。

让我感到奇怪的是，既然垓下之战是汉军获胜，且此一战又是汉王朝兴盛的起点，附近村庄的墙上又明明写着"汉兴之处，胜利之地"。那么，这里的雕塑，照理应该是胜利者汉高祖刘邦的高大形象了。却为何偏偏是霸王别姬的雕像呢？这就牵涉到百姓心理，也就是民心所向的问题了。

从历史上看，民心对项羽是有好感的，认为他是铮铮铁骨的硬汉，顶天立地的英雄。比如他鸿门宴不杀刘邦；与刘邦签订鸿沟之议后不出尔反尔；到了乌江后本可渡江东山再起，却因无颜得见江东父老而自刎，等等。

相比之下，刘邦是个搞阴谋诡计的小人，出尔反尔不顾羞耻的无赖。因此民心认为，项羽虽败犹荣，虽死犹生。南宋李清照有诗："生当作人杰，死亦为鬼雄。至今思项羽，不肯过江东。"就是民心。

至于垓下地名之争，灵璧人说：固镇没有垓，何有垓下？垓，是指高岗绝岩，垓下是指高岗绝岩之下。固镇是一片平原，没有高岗绝岩。高岗绝岩在灵璧县，灵璧县的韦集镇是垓下。

但固镇人说：垓下在汉以后设洨国，为洨侯吕产的封地，后改为濠城，就在固镇县内。就这样，安徽就有两个垓下遗址。其实，这不必争。垓下应指高岗以下的地方，应该是一个地区的总称。灵璧的垓下与固镇的垓下距离只有十几公里。当年楚汉两军共有六七十万人，六七十万人开战，十几公里的平原，哪里不是战场呢？所以，说这两地都是垓下之战的古战场遗址，那肯定没错。

于是，我站在村口霸王别姬的雕像下，远望空旷而辽阔的田野，应该会听到当年那场楚汉两军垓下大战的厮杀声的。

凤　阳

最早知道凤阳，缘于凤阳花鼓。这次来到凤阳县城，到处听到凤阳花鼓的歌声："说凤阳，道凤阳，凤阳本是个好地方。自从出了朱皇帝，十年倒有九年荒……"

最早知道唱凤阳花鼓讨饭的，都是凤阳的穷人。这次来凤阳，才知道这些唱花鼓讨饭的不是凤阳的穷人，而是从江南迁来凤阳的富人。

资料介绍说，朱元璋初当皇帝时，决定定都凤阳，营建中都皇城。因人口只有 5 万，不成规模，就从江南江浙一带迁来 15 万富户（还从山西等地迁来 15 万）。这些富户到了凤阳就流离失所，成了穷人，就打花鼓唱曲，到处乞讨。因是朱元璋让他们一夜骤穷，就把仇恨编在歌曲里，说"自从出了个朱皇帝，十年就有九年荒。"其实，凤阳这个地方土地贫瘠，灾荒不断，本来就是十年九灾、民不聊生的。把责任推给朱元璋，并不公允。

当然，在凤阳营建中都皇城，这事没有做成。首先是朝中大臣们反对，军师刘基反对最甚。他说："凤阳虽是帝乡，然非天子所都之地。"并说凤阳易攻难守，周围山险林深，万一被敌人占领，皇城岂不堪忧？这话说得朱元璋害怕。其次是凤阳地穷土瘠，容不下这么多的人口。一下子从外地迁来几十万人口，吃饭住宿立马都成问题。凤阳人都变成乞丐，凤阳花鼓唱遍全中国。据说朱元璋在南京城看到凤阳人唱花鼓，高兴地对大臣说：你们看，我们家乡人多快活啊！都唱着歌儿走路。徐达泪流满面地对朱元璋说：我们家乡人不是快活，而是唱花鼓讨饭哪！朱元璋问：那是为何？徐达说：凤阳修皇城，他们都没田地种了！朱元璋一听，知道错了，连忙叫停营建凤阳的中都皇城。

我去凤阳城外，还看见一横一竖的两道残破的皇城城墙，掩映在蓑草中。据说曾经还有午门、玄武门、东华门、宫殿、角楼等，现在都没有了。只有三孔城门洞，面对一片空旷的荒草坦。这是朱元璋留给历史的中国一个最大的烂尾楼工程，现在这里辟作林业生态功能区。有叫不出名字的野花，有一大片茄花色的薰衣草，长得茂盛而斑斓。

当然，朱元璋当年营建的中都皇城，不只留下二段破城墙，还留有一个鼓楼。这个鼓楼在凤阳老城中，很高大，据说是全中国的鼓楼之冠。鼓楼城门上刻着四个字：万世根本。上楼，有朱元璋展览厅。进厅便是朱元璋金冠蟒袍皇帝装坐像，两边有对联，曰：生于沛学于泗长于濠凤郡昔钟天子气，始为僧继为王终为帝龙兴今仰圣人容。基本概括了朱元璋的一生。整个厅展示了朱元璋生平经历和后人对他的评价。有代表性的是清顺治皇帝和毛泽东的评价。顺治帝说：朕以为历代贤君，莫如洪武。何也？数君德政有善者，有未尽善者。到洪武，所定章程规划周详。朕所以谓历代之君，不及洪武也。毛泽东说：朱元璋是了不起的领袖，是应该肯定的。可见，烂尾楼工程并不影响朱元璋的大节。

很有趣的是，从展览中我还得知，朱元璋是个诗人！一个不识字的讨饭的和尚，居然还是一个诗人？

展览厅里展出他写的两首诗和一副对联。《咏菊花》诗曰：百花发而我不发，我若发时都吓杀。要为西风战一场，遍身穿就黄金甲。这让我想起黄巢的《咏菊》诗：待到秋来九月八，我花开后百花杀。冲天香气透长安，满城尽带黄金甲。这是朱元璋仿黄巢诗了，可见农民起义军领袖的心态是一样的。朱元璋还有一首诗《咏雪竹》：雪压竹枝低，虽低不着泥。明朝红日出，依旧与云齐。这让人想起陈毅的诗：大雪压青松，青松挺且直。要知松高洁，待到雪化时。这一回不能说朱元璋仿陈毅的诗了，因为他不知道几百年后会出一个陈毅，还会写诗。要说也只能说陈毅仿朱元璋的诗了。对联是写给徐达的。徐达是朱元璋杀尽开国功臣中留下来的唯一大将，朱元璋对他评价之高自不必说。由此我也明白一个道理：朱元璋既是一个

诗人，故就有诗人皇帝所做的"乌托邦"（如在凤阳建中都皇城）。而诗人皇帝的乌托邦，要老百姓付出的代价之惨烈是无与伦比的。古今皆然。

不过，朱元璋也建过精品工程。那就是他父母亲的坟墓，明皇陵。

朱元璋是个大孝子，他登基当皇帝后，第一件事，就是给他父母在凤阳建陵墓。

朱元璋十七岁丧父，却穷得无钱给父亲下葬。还是一个有钱人给买了一口薄棺，给找了个地方让他父亲埋下。用朱元璋自己在《御制皇陵碑》里的说法，是"殡无棺椁，被体恶裳；浮掩三尺，奠何肴浆？"也许是这个原因，当了皇帝后的朱元璋，就一定要把父母亲的陵墓造得好上加好。

明皇陵占地2万余亩，有三道城墙围护。其内宫阙殿宇，壮丽森严。我从一座高大的城楼进门，便见一条宽阔笔直的墓道，墓道两边树木森森。沿墓道走近千步，有一宽广平地，地上有牌，画有一高大的宫殿，曰：此地原有享殿。据说当年这里除享殿外，还有斋宫、官厅数百间，现在都无存了。过享殿遗址再前往数步，有一拱桥，是金水桥。桥两边有两座碑亭。左亭是无字碑。本应写有歌颂皇帝朱元璋父亲功绩的文字的，但皇帝父亲是一介贫农，实无功绩可颂，于是就立个无字碑。右亭是皇帝撰写的大明皇陵之碑。碑文中说了父皇的恩德后，又写了故乡的恩德，说要下令永免凤阳、临淮两县的赋税云云。就像当初要把凤阳建成中都目的是一夜暴富一样，朱元璋对家乡还是感恩的。

过金水桥，就是长长的陵前神道。神道两边有32对石像生，雕有文武官员和各种动物。这些雕像历600多年，如今保持原好。明皇陵石像生之多，刻工之精美，为历代帝王陵之冠，被列为吉尼斯之最。朱元璋自己在南京的陵墓与之相比，那就逊色多了。

过石像生走到神道尽处，就是朱元璋父母的坟墓了。坟墓圆圆的一个小山包，小山包前面有个祭坛，摆着朱元璋父母的灵牌，上面写着：××××皇帝（皇后）之位。墓四周的树枝上，挂满了游客许愿祈祷的红布条。看来明皇陵还是有灵性的？古来就有人称颂："重门列戟园陵肃，""壮哉斯陵从古无！"

有了明皇陵，来一趟凤阳还算是值得了的。

龙湾潭看水

慕龙湾潭之名久矣！

从宣传资料看，突出的是一座高空悬崖上的玻璃观景台。便以为，到龙湾潭来，主要是看山。其实是错了，龙湾潭主要是看水。看静止的水，看妖娆的水，看流动的水，看飞溅的水，看倒挂的水，看撕裂的水，看凝固的水……

真是多姿多彩的水哪！如果说楠溪江是天下第一水，那么龙湾潭就是楠溪江的第一水！

为看龙湾潭的水，我们下午就到山下，住森林人家。

本来天气预报说是下雨的，可是天却放晴。在房间内觉得有点闷，就打开窗户透空气。可一打开窗户，扑眼而来的却不是空气，是满眼的绿！这绿绿得晶莹，像一大块蓝宝石横陈眼底。再一看不是宝石，是水，是一大长条清澈见底的水。这水也绿得出奇，让人养眼，让人怡心，让人脱口而出说一句朱

自清写《绿》的话："招人惊诧，令人心醉的绿啊！"

这其实是一条流动的溪，当地人在下段打个坝，这溪就像凝固的玻璃体，成了水晶，成了蓝宝石。

沿着溪流向上走数百步，就是龙湾潭景区的台门。过台门没几步，就是溪上的碇步。碇步如一排琴键，蜿蜒的溪水从碇石中流出来，带几分妖娆，带几分调皮，带几分不安分。那水流声，便是这琴键的叮咚响。这是另一种水的形态，让人想起林斤澜写《溪鳗》中的句子："那汪汪的溪水，漾漾流过晒烫了的石头滩……在桥洞那里不老实起来，撒点娇，抱点怨，发点梦呓似的呜噜呜噜……"

　　三公里游步道下的水又是一种怪诞的水，它轻松、灵动、奇幻。先是溪流如带，让人恨不得驾一叶扁舟穿行于青山翠林之间。再就是一个个凝碧潭，犹如在山谷中嵌一颗颗碧玉、翡翠。直至七个折瀑，那不仅是碧玉翡翠，那是一颗颗硕大无朋的雪白，硕大无朋的碧绿。那是瀑的诡秘，那是潭的精灵。

　　那是大泄龙潭，是藏龙之潭，是龙湾潭得名之潭。潭呈半月形，潭沿石壁平整光滑。人坐潭边，瀑风扑面。潭三面有壁高耸，似一顶天然帐子，称布帐岩。布帐岩半腰凌空喷出一股飞泉，四季不竭。飞泉迎风，散珠喷雪。潭接银珠瀑帘，缥缈迷蒙，宛如流动的水墨画。潭前有石洞石亭，从洞内亭里看瀑，只觉眼前一片雪白透亮，那是另一种风味。瀑入潭中，水花飞溅，如群马奔腾，令人壮怀激烈。大泄龙潭水面下约二米深处，有石窟，深莫可测，谓龙宫。正对右侧的麒麟峰，奇幻不可言道。不论是瀑是潭，其水能如此诡奇，不可多得。

　　从大泄龙潭往上走去，还有七瀑七潭，都错落有致，惊险丛生。如一队白马银甲的骑兵，呐喊摇旗，呼啸下山。一路留痕，各有奇幻。

　　一瀑仅见瀑花，潭似半开凤眼。二瀑如苍龙出洞，侧身蜿蜒而下，卷起一片烟尘，形似瓢。三瀑左细右粗，双瀑齐下，形如缸。四瀑如腾蛟出峡，轰鸣而下，似晶莹宝石。五瀑舒展开朗，形似银制琵琶。六瀑斜泻，沿石槽而下，绰约多姿，形似鲤鱼腾飞。七瀑落差五十米，势如破竹，声震山岳……如此七瀑，终归大泄龙潭，水态从奔腾到静止，如红尘蛮士入太虚仙境，终得正果，成就了龙湾一潭。

　　再看水边境况，尽管林木翠绿，奇峰突起，形成绿、奇、静、野的人间仙境。但在如此奇妙的水的变幻、水的精灵中，任何奇伟终成平庸，一切的美丽都只是点缀。山中有古树名木、奇花异木千多种，号称浙南第一天然药王国，那又怎么样呢？那只是水中的朵朵浪花。还有那静卧溪河、横架山涧、飞跨峡谷的石拱桥，或林中凉棚、崖边凉亭，或是惟妙惟肖的山峰、崖石，什么骆驼峰、夫妻峰，悟空岩、孔雀岩，还有那蓝天白云、清风明月，那又怎么样呢？那也只是这一片秀水、奇水、怪水、魔水的陪衬和背景！

终于上到千米之上的空中玻璃观景台了。这是龙湾潭景区的招牌景点，中国第一的高空玻璃观景台，整个景区的"金顶"之

处。你站在观景台上时飘飘欲仙，你目空一切，你浮想联翩。可你俯视龙湾潭的山、龙湾潭的水的时候，你感觉中这哪里是山？这哪里是水？这分明都是海，这分明都是洋啊！这连绵不断的青山，是大海起伏的波浪；这高潮迭起的瀑和潭，是大洋汹涌的漩涡！而这高高在上的观景台呢，又哪里是观景台啊？这分明是大海边悬崖上的千米跳台啊！站在这里，你只是想跳下去，跳下去成为一滴水，和这无边无际的海洋融为一体的绿。站在这里，你只想跳下去，跳下去成为一条鱼，自由地遨游、自由地腾跃在这无边无际的大海洋的绿色之中！